Brigitte Vollenberg & Dirk Juschkat

Piranhas im Schlossgraben

Prosa und Lyrik

Bibliografische Informationen der Deutschen Nationalbibliothek:
Die Deutsche Nationalbibliothek verzeichnet diese Publikation in der
deutschen Nationalbibliografie; detaillierte bibliografische Daten sind im
Internet über http://dnb.dnb.de abrufbar.

© 2018 Brigitte Vollenberg, Dirk Juschkat
Herstellung und Verlag:
BoD – Books on Demand, Norderstedt

ISBN: 978-3-7528-2432-2

INHALT

VORWORT

GEFRÄßIG AUF DIE ZEILEN STÜRZEN

Piranhas gelten gemeinhin als gefräßig, schnell und aggressiv, Schlossgräben sind da eher ruhig, gelassen und könnten keinem Goldfisch etwas zuleide tun – dass die Dinge manchmal anders liegen, lehren uns so manche Verse und Passagen dieses Buches.

„Piranhas im Schlossgraben", das hört sich so an wie die Spinne in der Yucca-Palme, doch mit sagenhaften Geschichten, die Unglaubliches berichten, hat das wenig zu tun, auch wenn es manchmal sagenhaft ist, was die beiden Autoren Brigitte Vollenberg und Dirk Juschkat zu erzählen haben. Zwischen Fiktion und Wirklichkeit bietet sich eine wahre Flut an Themen an, die man erzählerisch ins Licht setzen kann und will – sei es ernsthaft, humorvoll, sarkastisch oder fein ironisch.

Prosa und Lyrik in einem Buch – unglaublich ist, dass der Mix der literarischen Sammlung von Geschichten und Gedichten erprobtermaßen gut funktioniert. Bei zahlreichen Lesungen in der Region erlebten die Erzählerin und der Dichter stetig, dass ihr Konzept aufgeht, oder umgangssprachlich ausgedrückt, dass die „Message" rüberkam. Für ihr neuestes Werk legten sich beide nochmal richtig in die Riemen, gingen inhaltlich aufeinander ein. So entstand ein abwechslungsreiches Buch für Vortrag und Lektüre. Vielen, die das Lese-Duo schon einmal erlebten, wird es Freude bereiten, anderen Vorfreude auf ein Live-Erlebnis von „Piranhas im Schlossgraben" – wobei hier die Lesung gemeint ist.

Das geheimnisvolle Cover, der spookige Titel, die liebevolle Machart aus Literatenhänden – denn kein großer Verlag schwang hier das Zepter – dürfte dazu beitragen, diesem Werk zu seinem Erfolg zu verhelfen, den es wirklich verdient. Wirklich? Ob dies das richtige Wort ist an dieser Stelle, wo wir doch von Piranhas reden? Ich weiß es nicht. Lasst uns gefräßig auf die Zeilen stürzen, lasst uns lesen!

Harald Landgraf

1. KUNSTGENUSS DURCH NERZSTOLA

Stehen Kleidung und Kunstgenuss in Abhängigkeit zueinander? Gibt es einen Zusammenhang zwischen festlicher Garderobe und klassischen Konzerten? Werde ich an der Theatertür abgewiesen, wenn ich nicht uniformiert edel gekleidet bin? Diese Fragen habe ich mir zeit meines Lebens gestellt. Immer wieder wurde ich damit konfrontiert, Entscheidungen für oder gegen eine Kleiderordnung zu treffen.

Die ersten Erfahrungen machte ich, als meine Eltern einen Arbeitskollegen meines Vaters besuchten und ich sie begleiten durfte. Die Einladung zum Kaffee hatten sie lange hinausgeschoben. Für mich ein Zeichen, dass sie gar keine Lust hatten, sich mit diesen Leuten zu treffen. Aber es war der Vorgesetzte meines Vaters und die Höflichkeit siegte schließlich. Ich war sechs Jahre alt und hätte viel lieber meine Freundin getroffen und mit ihr gespielt.

Meine Mutter hatte mich schick angezogen: weiße Kniestrümpfe und schwarze Lackschuhe, einen roten Trägerrock mit Stickerei und dazu eine weiße Bluse. Sie selbst liebte sportlich-legere Kleidung.

Die Kaffeetafel war akkurat gedeckt. Die perfekte Geometrie fiel mir auf. Wir saßen stocksteif mit geradem Rücken auf harten Stühlen. Ich wartete auf den Kuchen, den Mutter mir versprochen hatte. Schließlich lag ein Stück selbst gebackener Apfelkuchen auf meinem Teller und die Dame des Hauses schenkte mir eine Orangenlimonade ein.

Die Worte »selbst gebacken« wurden immer wieder betont, denn im unmittelbaren Wohnumfeld unserer Gastgeber lag eine Bäckerei, die für ihren traumhaften Apfelkuchen bekannt war. Die Unterhaltung war gestelzt und stockte immer wieder. Für mich war es unheimlich langweilig, aber ich rührte mich nicht von der Stelle und spielte das Vorzeigekind. Den letzten Krümel meines Apfelkuchens hatte ich noch nicht geschluckt, da merkte meine Mutter bereits an, dass es an der Zeit wäre, wieder aufzubrechen. Verstohlen sah sie auf ihre kleine Armbanduhr. Sie bedankte sich für die Einladung und sprach eine Gegeneinladung aus.

»Aber Sie wollen doch noch nicht gehen?«, fragte der Hausherr und tat ganz entrüstet. Er trat an das Barfach seines Eichenwohnzimmerschrankes und entnahm dem Möbel zwei Flaschen. Mein Vater bekam einen Cognac eingeschenkt und Mutter hatte plötzlich ein Likörchen vor sich stehen. Die rubinrote Flüssigkeit glitzerte im Kerzenlicht.

»Wir prosten uns jetzt erst einmal zu. Ich heiße Bernhard und meine Frau Dora. Sie kann sich in der Zwischenzeit schnell umziehen«, richtete Bernhard Worte an meine Eltern. Dora nickte. »Wir werden nämlich gleich noch in den Genuss eines klassischen Konzertes kommen.«

Fragende Blicke wechselten zwischen meinen Eltern hin und her. Sie wären am liebsten sofort aufgebrochen. Mein Vater trank keinen Cognac und Mutter mochte keinen Likör. Vater schwenkte also die braune Flüssigkeit in seinem bauchigen Glas und roch daran. Wenn ich diese Bewegung mit meinem Getränk machen würde, bekäme ich unheimlich Ärger, dachte ich. Manchmal verstand ich die Erwachsenen nicht. Meine Mutter nippte nur an ihrem Gläschen.

Ich sah, dass sie leicht ihr Gesicht verzog, sich aber schnell wieder unter Kontrolle hatte.

Dann kam die Hausherrin zurück. Sie trug ein schulterfreies, zart mintfarbenes Wildseidenkleid. Es war eng anliegend, betonte die Taille und hatte hinten einen kleinen Schlitz. Dazu trug sie silberne Schuhe mit seltsam spitzen hohen Absätzen. Mutter hatte so ähnliche in Schwarz. Sie nannte diese Dinger: Schuhe mit Pfennigabsätzen. Ich hab übrigens nie einen Pfennig an diesen Schuhen entdeckt. Über die nackten Schultern hatte die Hausherrin, ich durfte sie ja nicht Dora nennen, eine Nerzstola gelegt. Ihre Haare waren hochgesteckt.

»Dora, Schatz!«, sagte jetzt der Hausherr, »pass bitte auf, dass du nur auf die Teppiche trittst, denke an den Parkettboden.« Ich schnupperte. Dora duftete gut. Meine Mutter stand auf, äußerte sich anerkennend über die tolle Kleidung.

»Aber bitte, behalten Sie doch Platz«, sagte Dora, »jetzt zieht Bernhard sich noch schnell um. Solange können wir uns ja noch unterhalten.«

Ein Gespräch kam natürlich nicht in Gang.

»Was für ein Konzert besuchen Sie?«, heuchelte meine Mutter Interesse.

»Die Brandenburgischen Konzerte 1-6 von Johann Sebastian Bach«, sagte Dora. Es hätte nicht mehr viel gefehlt und sie hätte meinen Eltern, die sie offensichtlich für Kunstbanausen hielt, erklärt, wer Johann Sebastian Bach war.

»Und in welches Musiktheater gehen Sie?«, fragte meine Mutter, nicht weil es sie interessierte, aber immerhin standen mindestens zwei Spielorte zur Auswahl. Bevor sie eine Antwort bekam, betrat Bernhard das Wohnzimmer: schwarzer Anzug, weißes Hemd, silberne Krawatte, goldene Manschettenknöpfe. Ein Hauch von Aftershave füllte den Raum und kribbelte in meiner Nase.

Meine Eltern traten entschlossen in die Diele und verabschiedeten sich.

»Dora, Liebes!«, sagte Bernhard, »schalte doch bitte schon einmal den Fernseher ein, damit wir auch den Anfang nicht verpassen.« Schwungvoll hob er seinen linken Arm in Augenhöhe und schaute auf seine goldene Armbanduhr.

Bernhard nahm den leicht amüsierten Blick meiner Eltern jetzt auch wahr und er setzte zu einer Erklärung an:

»Ich kann mir gut vorstellen, dass Sie das jetzt nicht verstehen, aber ein echter Kunstgenuss bedarf eines absolut passenden Rahmens.« Vater und Mutter nickten verständnisvoll und leiteten die Verabschiedung ein.

Der Blick ins Fernsehzimmer zeigte zwei Klubsessel, dazwischen ein Tischchen, auf dem ein Opernglas lag.

Als wir im Auto saßen, wischten sich meine Eltern die Tränen vor Lachen. Ihr Gelächter fachte immer wieder aufs Neue an.

Mir ist diese Nerzstola sehr gut im Gedächtnis haften geblieben. Immer wenn meine Mutter mich ermahnte, mich für diese oder jene Veranstaltung ordentlich und der Situation entsprechend passend anzuziehen und ich eine andere Vorstellung von ordentlich hatte als sie, erinnerte ich sie daran, dass ich immer noch keine Nerzstola hätte. Diese patzige Bemerkung führte bei ihr sofort zur gewünschten Entspannung und löste einen Lachanfall aus.

SOCKENWAHL

Der Mensch bedient sich der Kultur:
er reinigt nicht den Körper nur,
auch für die Seele hat er Sachen,
die ihn beizeiten glücklich machen.

Und zwischen Seife und Theater
sucht Mann, Frau, Mutter und auch Vater
nach dazu passender Gardrobe,
dass man das schöne Outfit lobe.

Doch kein Erfolg kommt automatisch,
die Kleiderauswahl eher statisch,
so dass es Phantasie erfordert,
bevor man dann das Taxi ordert.

Die Frau ist fertig, schon seit Stunden,
allein ihr Mann, der scheint verschwunden;
sie sah ihn nach dem Bad, schon trocken,
er sagte ihr: »Ich brauch noch Socken.«

Und eben dort fand sie den Gatten,
so wie sie es schon öfter hatten,
denn für ihn war die größte Qual
nicht Mozart, doch die Sockenwahl.

Auf einem Berg von Strümpfen sitzend,
aus allen Poren tüchtig schwitzend,
versagte er bei der Entscheidung
der endgültigen Fußbekleidung.

Die Farbe, klar, die war schon wichtig,
doch kein Motiv gefiel ihm richtig,
mit dem sich Kunst genießen ließ –
und so den Abend ihm verdrieß.

Auch nach Beginn vom zweiten Akt
saß er noch dort, die Füße nackt –
verzweifelte an dem Entschluss
für den perfekten Kunstgenuss.

»Nicht mehr mit mir!«, war dann zu hören,
»Ich werde kein Konzert mehr stören
und niemals wieder eins besuchen.« –
die Quintessenz aus seinem Fluchen.

So blieb er der Kultur nicht treu,
erschien als Fußballfan dann neu,
denn jede Mannschaft seiner Wahl
bestimmt nun Socken, Mütze, Schal.

2. BAUMARKTFRAUEN

DROGERIEMÄNNER

Es gibt Geschäfte in den Städten,
die, wenn sie keine Frauen hätten,
Museen wie am Montag wären.

Nicht diese für die Fußgewänder,
nicht Läden, wo nur Stoff und Bänder
die Konten aller Gatten leeren –
es sind vielmehr die Drogerien,
die in dem täglichen Bemühen
um Rein- und Schönheit Weiber locken!

Weil sie der Werbung blind vertrauen,
erfolgt oft Stechen und auch Hauen –
da bleibt kein Auge lange trocken.

Und so strömt Frau an die Regale
und sucht zum wiederholten Male
das Mittel, das halt alles kann.

Inmitten Tiegeln, Cremes und Tuben
sieht frau nur selten ihren Buben;
wer draußen bleibt, das ist der Mann.

Der steht dort neben Leidgenossen
und wartet duldsam, unverdrossen,
dass seine Liebste triumphiert.

Und wenn sie dann, mitsamt Trophäen,
erschöpft nach Hause wieder gehen,
weiß er auch, was danach passiert:
es folgt der Gang ins Badezimmer,
wo stundenlang, wenn nicht gar schlimmer,
sie ihrer neuen Beauty frönt.

Der Mann indes wagt nicht zu klopfen,
beschäftigt sich derweil mit Hopfen,
weil er sich nur von innen schönt.

Meine Mutter konnte meinem Vater stets eine große Freude machen, wenn sie am Samstagvormittag, nach dem wöchentlich zelebrierten Besuch in der Innenstadt, sozusagen als Belohnung, die restliche Zeit bis Ladenschluss mit ihm in einem Baumarkt seiner Wahl verbrachte. Es gab da einige, die auf der »Grünen Wiese« die Stadt umlagerten.

Der Vormittag in der City war für meinen Vater geprägt vom Vorbeischlendern an den Marktbuden, Entscheidungshilfe geben am Käsestand und einem gemeinsamen Milchcafé im Marktbistro. Wenn das Wetter besonders schön war, beglückten sich meine Eltern mit einem Eis in der italienischen Eisdiele Dolomiti und Vater fragte sich, warum es in Eisdielen kein Bier gab. Das hätte den Einkaufsstress etwas erträglicher gemacht.

Meistens kündigte meine Mutter auf dem Weg zum Parkplatz einen schnellen Besuch im Drogeriemarkt an, weil sie am Vortag dort etwas Wichtiges vergessen hatte und heute, obwohl sie die Schaufenster dieses Geschäftes mehrfach passiert hatten, erst jetzt daran dachte. Sie forderte von ihrem Begleiter, also meinem Vater, dass er, ähnlich einem angebundenen Hund, am Fahrradständer wartete, bis sie das von Damen bevorzugte Geschäft gut duftend und erfolgreich wieder verließ. Einmal, vielleicht zweimal im Jahr schaffte sie es, ihn mit hineinzulocken. Grund war die Fotoabteilung. Dann stand mein Vater vor den technischen Geräten, an die sich meine Mutter nicht herantraute und sorgte dafür, dass die Fotos vom Urlaub aus dieser Maschine herausfielen. An normalen Samstagen ohne Fotobestellung reihte sie sich nicht selten aus der Kassenschlange noch einmal aus und stöberte weiter, weil sie durch die großen Schaufensterscheiben gesehen hatte, dass mein Vater sich nicht langweilte, sondern in ein Gespräch mit einem Leidensgenossen vertieft war. Da konnte sie noch schnell einen Blick in die Kosmetikabteilung werfen. Ich denke, Generationen von Ehefrauen, Lebensabschnittsgefährtinnen und Freundinnen machen sich seit Jahren diese Möglichkeit zunutze und ködern ihre Partner mit dem Versprechen, mit ihnen anschließend in den Baumarkt zu fahren.

Während mein Vater mit strahlenden Augen und voller Vorfreude die Abteilung für Bohrmaschinen betrat und mangels technischem Sachverstand alleine von der Vielfalt der Zubehörteile einer solchen Maschine beeindruckt war, die in keinem vernünftigen Haushalt fehlen durfte, ließ sich seine Frau, also meine Mutter, von der Fülle der Produktpalette, die niemand in einem Handwerkermarkt vermuten würde, beeindrucken. Oder kennen Sie eine Frau, die sagt, wenn sie einen neuen Bademantel benötigt: »Schatz, ich fahre mal kurz zum Baumarkt, ich will mir einen neuen Bademantel kaufen?"

Die Farbskala dieser flauschigen Fleecebademäntel, die zudem zu einem Schnäppchenpreis angeboten wurden, war riesig groß. Auf der anderen Seite der Warenständer präsentierten die psychologisch geschulten Baumarktbetreiber Badezimmerfliesen. So konnte die Frau sogleich passend zu den Fliesen, die der Gatte natürlich selbst verlegen würde, weil alles, was das Herz eines Hobby-Fliesenlegers begehrte, in den Regalen vorhanden war, einen Bademantel aussuchen. An der kleinen Abteilung Reinigungsprodukte für Fliesen ging sie vorbei. Da würde sie immer auf Altbewährtes aus dem Drogeriemarkt vertrauen, denn da hatte frau wenigstens fachkundige Beratung.

Die Gartenabteilung war für meinen Vater sehr interessant. Hier gab es Laubsauger und elektrische Rasenmäher. Kaum jemand hatte einen so großen Garten, dass ein Laubsauger oder auch Laubpuster eine Anschaffung rechtfertigen würde. Aber auch nur wenige Frauen konnten nachvollziehen, was es bedeutete, den Herrn Nachbarn zu grüßen, der aufrecht gehend einen Laubsauger lässig über der Schulter hängen hatte und seine Garagenauffahrt vom Laub befreite. Während man selber einen Rechen oder Besen einsetzte, die nur Schwielen in den Händen und eine krumme Haltung verursachten. Eine kleine Pause, auf den Besen aufgestützt, spiegelte gleich das Bild eines faulen Nichtsnutzes wider. Während so ein Laubsauger allein durch sein lautes Gebläse ständige Arbeitsaktivität vermittelte.

Meine Mutter stöberte derweilen durch das saisonale Angebot an Dekorationsmaterialien, das dieser Gartenabteilung vorgelagert war. Bereits beim Betreten des Areals standen Einkaufskörbe bereit, wie früher in den Supermärkten für den schnellen kleinen Einkauf. Auf großen Tischen wurden kunstvoll maschinell gefertigte Dekorationsteile präsentiert, die farblich aufeinander abgestimmt waren und ein handwerkliches „selbst gemacht" heuchelten. Besonders auffällig war es in der Weihnachtszeit. Da gab es Bereiche, die Rot als Muss ausstrahlten. Dort standen rote Kerzen, rote Christbaumkugeln, rote Sterne, rote Elche und rote Weihnachtsmänner, rote Engel, kleine und große rote Lichterketten, rote Holzanhänger für den Baum in den unterschiedlichsten Formen. Diese Ton in Ton Orgie ließ jedes Frauenherz höher schlagen, auch das meiner Mutter. Und wer sich weiter in die Tiefen der Dekorationsabteilung vorkämpfte, dem eröffnete sich plötzlich eine neue Welt mit ähnlichem Warenangebot in den Farben Grün, Pink und Hellblau. Es gab einen naturfarbenen und einen weißen Weihnachtsbereich, die ein edles Ambiente vorgaukelten. Nicht zu vergessen der Sonderangebotstisch, auf dem Dekorationselemente des Vorjahres zum halben Preis angeboten wurden und manch einen glauben ließen, sie hätten das Verfallsdatum leicht überschritten wie ein Joghurt aus der Kühltheke, den der Regalpfleger übersehen hatte. Diese Dekorelemente waren aber durchaus noch „dekorierbar".

Das Angebot aus fernöstlicher Produktion war so riesig, dass der Gatte in Ruhe eine Probefahrt mit dem elektrischen Sitzrasenmäher durch die Gänge des Baumarktes machen konnte, um sein potenzielles Weihnachtsgeschenk auszuprobieren. Während er nach erfolgreicher Probefahrt mit geröteten Wangen durch die verschlungenen Wege der Dekorabteilung ging, auf der Suche nach seiner Frau, um sie an seinem gigantischen Erlebnis teilhaben zu lassen, drückte sie ihm das Einkaufskörbchen in die Hand und fragte ihn, ob der elektrische Rasenmäher seiner Wahl mit dem Farbpotpourri ihrer diesjährigen Weihnachtsdekoration harmonieren würde. »Passt schon«, sagte er.

Sie lauschte den abenteuerlichen Fahrversuchen ihres Mannes mit einem Aufsitzmäher, der Null Wendekreis hatte und einer der günstigsten Einstiegsmäher überhaupt war. Während sie an der Kasse die Kreditkarte zückte, weil Weihnachtsdekoration heute eigentlich noch nicht auf ihrem Einkaufszettel stand, trug er einen Stapel Prospektmaterial nach Hause und würde das ganze Wochenende etwas zu lesen haben.

Meine Mutter saß entspannt auf dem Beifahrersitz, atmete zufrieden auf. Dann rief sie meinen Vater brutal in die Realität zurück: »Du glaubst doch wohl nicht im Ernst, dass wir uns einen Rasenmäher kaufen, auf dem man sitzen kann. Die wenigen Quadratmeter Rasen, die wir haben, mähe ich in Nullkommanix mit einem Handmäher. Wir brauchen noch nicht einmal einen elektrischen Rasenmäher zum Schieben.«

Mein Vater fuhr rückwärts aus der Parklücke heraus.

»Halt noch mal kurz an!«, rief sie. »Dort in der Baumarktbäckerei ist heute das Steinofenbrot im Angebot. Davon nehme ich noch eines mit.« Sie sprang wieder aus dem Auto heraus.

»Hoffentlich ist das nicht so hart wie beim letzten Mal, sonst muss ich wieder rein in den Baumarkt und uns eine Tischkreissäge kaufen«, rief mein Vater ihr hinterher.

3. MORDGEFLÜSTER

SCHICKSALSLINIEN

Ein jeder ist auf seinem Weg
durch diese Welt für eine Weile.
Ein ‚stirb und werde' mit Beleg,
dazwischen herrscht oft ganz viel Eile.

Und doch – dein Weg ist niemals frei,
denn da sind Kräfte, die dich lenken.
Auf deiner Karte der Kartei
steht ganz genau und Schritt für Schritt
dein Schicksal – und du lebst damit;
und anderes darfst du nur denken.

Auch wenn du glaubst, du bist dein Herr,
führt es dich dorthin, wo es will.
Hat kein Radar, kein Funkverkehr –
und keine Technikwunder, die ihm dienen –
und trägt dich doch auf unsichtbaren Schienen,
und lenkt dich unbemerkt und still.

Manch einer denkt, er trägt sie in der Hand,
die Zeichen seiner eignen Reise.
Und liest hinein und baut doch nur auf Sand,
und biegt das Leben nach Belieben –
doch wurd sein Urteil längst geschrieben;
doch das in für ihn fremder Weise.

So strömt das Schicksal in die Welt
und zeichnet Linien in die Zeit.
Ein Netz, das fest zusammen hält,
und das in alle Ewigkeit.

Es gab eine andere Frau an seiner Seite, seit Monaten schon. Ich habe es natürlich nicht gewusst. Wie es scheint – nur ich nicht. Im Nachhinein bekommen viele Bemerkungen unserer Freunde einen Sinn. All diejenigen, die Olafs Doppelleben gedeckt haben, kenne ich nicht mehr. Ich kann ihnen nicht verzeihen, dass sie sein Lügen- und Alibikonstrukt gegen mich unterstützt haben. Es gab Zeiten, da regten sich bei mir Mordgedanken. Aber zurückgenommen hätte ich ihn auf gar keinen Fall. Die Enttäuschung saß zu tief. Frauen lieben anders als Männer.

Die letzten Monate waren hart für mich, aber ich habe es geschafft, ich bewohne jetzt ein schönes Appartement, hab meinen Job und mein Auskommen, neue Freunde und fange endlich an, frei und ausgeglichen zu sein. Ich habe das Leben wieder angenommen, das vor ihm zu mir gehörte.

Jutta rief mich vor ein paar Tagen an. Sie, eine ehemalige gemeinsame Sportkollegin aus der Badminton-Gruppe, wollte mir nur mitteilen, dass Olaf wieder Single sei.

»Ich habe es ja von Anfang an gewusst, dass das mit Olaf und dieser Person nicht gutgeht«, teilte sie mir mit. Auf die Frage: »Kommt er jetzt wieder zu dir zurück?« unterbrach ich die Verbindung, stellte mein Handy aus. Ein leichtes Gefühl von Schadenfreude ergriff mich.

Gestern stand ich in der Fachdrogerie vor dem Kosmetik-Regal. Interessiert sah ich mir die riesige Auswahl von Produkten an, die der Markt für die Verschönerung der Frauen bereithält. Ich nahm eine Packung in die Hand, studierte eingehend die Zusammensetzung der Substanzen einer Pflegecreme zur Verjüngung der Haut. Die Stimme neben mir zog meine Aufmerksamkeit auf sich. Ich lauschte.

»Ich habe alles versucht, ich weiß nicht, was ich jetzt noch machen soll.«

»Ich habe auch viele dieser Produkte ausprobiert, aber die Pflegeserie von Alvina, die kann ich wirklich empfehlen«, antwortete ich beratend, ohne von dem Etikett der Pflegepackung aufzusehen.

»Ich fühle mich so erbärmlich, so schmutzig.«

»An meine Haut lass ich nur Wasser und diese Seife. Na, Sie wissen schon. Blöder Werbespruch«, scherzte ich, »aber die Reinigungsmilch von Alvina ist echt super, die kann ich Ihnen empfehlen.«

»Viel bleibt mir wirklich nicht zum Leben.«

»Na, so teuer sind die Artikel dieser Serie nicht. Doch die von Miss Lucky ist auch nicht schlecht und um einiges preiswerter«, führte ich das Beratungsgespräch fort.

Ich stellte meine Cremepackung wieder in das Regal, griff nach einem anderen Pflegeprodukt.

»Ich werde dieses Weib umbringen, vielleicht kommt er ja dann zu mir zurück«, vernahm ich.

Erst nach diesem Satz realisierte ich, dass die Dame neben mir gar nicht mit mir gesprochen hatte. Wir standen zwar Schulter an Schulter vor dem Kosmetikregal, aber sie musste unter ihren wuscheligen braunen Locken verkabelt sein und sprach in eine Freisprechanlage.

Die Androhung des Mordes veranlasste mich, zur Seite zu schauen. Erstaunt starrte ich sie an. Sie wandte sich mir zu. Ich schaute in ein trauriges, verzweifeltes Gesicht. Die Augen verheult, die Schminke verwischt, erinnerte mich der Anblick an eine Zeit, die ich bereits hinter mir hatte. Ich überlegte kurz, ob ich dem einseitigen Beratungsgespräch über kosmetische Pflegeprodukte eine Wende geben und meine Erfahrungen aus dem Bereich der Partnerprobleme anbringen sollte. Aber ich entschied mich dagegen.

Die Dame sah durch mich hindurch, drehte sich wortlos um und steuerte wie in Trance den Ausgang an.

Keine Ahnung, was mich dazu bewog, der Frau hinterherzulaufen. Aber ich tat es. Da die Dunkelhaarige einen orientierungslosen Eindruck auf mich machte, meldete sich mein Helfer-Syndrom. Auch ich verließ die Oase der Schönheitspflege und ging im Abstand hinter ihr her.

Diskret begleitete ich die Frau bis zum Café Romana. Es war noch recht früh am Tag, nur ein einziger Tisch besetzt. Genau diesen steuerte die Dame an und ließ sich auf einen freien Stuhl fallen.

Ich blieb stehen, unfähig, einen Schritt weiterzugehen.

»Das war doch! Das kann doch nicht sein!«

Die langen wasserstoffblond gefärbten Haare kamen mir bekannt vor.

»Was hatte diese Person, die sich an meinen Mann rangemacht hatte, die jetzt auch eine Verflossene von meinem Ex war, wie Jutta mir mitgeteilt hatte, mit dieser verheulten Drogerieschönheit zu tun?«

Meine Neugier war geweckt. Ich setzte mich ganz vorn an einen kleinen Tisch und bestellte mir einen Milchkaffee. Mich interessierte brennend, was die beiden Damen zu bereden hatten. Aber kein einziges Wort drang zu mir herüber.

Nach einer Weile kam ich mir albern vor. Wie kam ich dazu, der fremden Frau nachzuspionieren? Diese Situation war einfach nur verrückt. Sollte ich mich jetzt mit den beiden Frauen vereinen, weil wir alle zum Kreis der Verlassenen gehörten?

Wie blöd bin ich eigentlich? Was mache ich hier? Was geht mich das alles an?

Gar nichts, beantwortete ich meine Frage, winkte der Bedienung, um meinen Milchkaffee zu bezahlen.

Jetzt standen die beiden Frauen auf, gingen gemeinsam die Stufen zur Toilette hinunter. Ich wartete auf mein Wechselgeld. Die Minuten verstrichen. Schließlich tauchte die dunkelhaarige Frau wieder auf, eilte zielstrebig mit großen Schritten an mir vorbei. Sie wirkte auf mich wirr, konfus. Sie würdigte mich keines Blickes. Durch die Pendeltür trat sie ins Freie.

Aber wo war das blonde Weib, diese Femme fatale, an die ich meinen Mann verloren hatte?

Das Mädel erschien aus der Küche zurück, wedelte mir mit dem Wechselgeld zu und verschwand wieder. Kurz entschlossen ging ich zur Toilette. Beim Betreten des Vorraums stolperte ich. Die Blonde lag auf dem Boden des Waschraums. Sie war tot. Ein Messer steckte in ihrer Brust, soweit ich das beurteilen konnte, mitten im Herz. Das Blut hatte bereits die weiße Bluse gefärbt. Ihre Augen waren starr auf die flackernden Neonröhren gerichtet, die von feinen Spinnweben ummantelt waren.

Als Krimi-Fan hatte ich mir immer mal wieder vorgestellt, wie ich beim Anblick eines Ermordeten reagieren würde. Oftmals war ich gedanklich in die Rolle des Kommissars oder auch eines Zeugen geschlüpft. Ich war erstaunt, wie cool ich blieb, keinen Anflug von Panik verspürte, sondern emotionslos auf die Tote herabsehen konnte.

Diese Person, die Ex meines Ex, die meine Ehe zerstört hatte, schien auch bei der Dunkelhaarigen keine Sympathien hervorgerufen zu haben. Hätte sie sonst zum Äußersten gegriffen?

Ich durchlebte eine Phase der Starre, die ich zeitlich später nicht greifen konnte, und erschreckte bei dem Gedanken: Die spannt jetzt niemandem mehr den Mann aus.

Ich beschloss, die Begegnung im Drogeriemarkt nie erlebt zu haben, der dunkelhaarigen Drogeriefrau nie begegnet zu sein. In meinen Erinnerungen würde sie keinen Platz bekommen. Sollte eine Täterbeschreibung von mir verlangt werden, würde ich sicher keine abgeben. Ich hatte ja gar nichts gesehen. Ehrlich!

Erst dann ging ich langsam die Treppen wieder hinauf, verließ unbemerkt das Café.

WER WEISS?

Wer weiß schon, wer wir sind,
wohin die Zeit uns weht;
in jedem Alter Kind,
das sich im Kreise dreht.

Wer weiß, was morgen wird,
ob gestern wirklich war;
wohin das alles führt,
und bis zu welchem Jahr.

Wer weiß, was gut, was schlecht,
und welcher Weg uns wählt;
ob alles das gerecht,
was hier auf Erden zählt.

Wir gehen gradeaus
und drehn uns doch im Kreis;
ein Leben lang zuhaus
und trotzdem nur ‚Wer weiß‘.

4. IN FALTIGER GESELLSCHAFT

Lisa neigte ihren Kopf leicht nach rechts und betrachtete sich im Spiegel. Die Lichtverhältnisse im Bad waren gut, nahezu perfekt. Es gab nichts daran zu rütteln, es schaute sie ein altes, – na gut, ein mittelaltes – Gesicht an. Je näher sie ihre Nasenspitze dem Spiegelschrank brachte, umso deutlicher zeichneten sich ihre Falten ab. Sie zog die Augenbrauen hoch und die Stirn war übersät mit kleinen und großen Falten. Verengte sie die Augenbrauen in der Mitte, veränderte das Faltenbild sich über der Nasenwurzel. Ihre Augen waren rundherum mit vielen kleinen Lachfalten gefächert, die sich besonders auf die Augenwinkel konzentrierten. Auch in den Mundwinkeln zeichneten sich Falten ab, die unter dem Kinn verschwanden und in ihren Hals übergingen, der die Straffheit vergangener Tage bereits abgelegt hatte. Egal welche Grimasse sie zog, es blickte sie ein faltiges Gesicht an.

»Ja, so ist es, wenn man alt wird,« dachte sie. Die ersten Anzeichen waren klar und deutlich zu sehen. Sie fühlte sich gar nicht alt, zumindest nicht so alt, wie sie im Moment auszusehen glaubte. Sie fühlte sich jung, frisch, lebenslustig und gesund. Ihre positive Einstellung unterstrich ihre Lebensfreude und sie sorgte ständig dafür, dass immer wieder neue Lachfalten hinzukamen.

Lisa besaß schicke Sonnenbrillen, die sie aber regelmäßig vergaß und sich natürlich stets über ihre Vergesslichkeit ärgerte. Sie blinzelte also ständig in die Sonne. Neue Falten-bildung war die Folge. Natürlich schminkte sie sich, auch um von ihrer faltigen Optik etwas abzulenken. Dezent und sparsam legte sie etwas Rouge auf und benutzte einen zarten Lippenstift, mehr nicht. Nur bei dem Augen-Make-up war sie etwas großzügiger. Allerdings so Falten überdeckendes Gesichts-Make-up, das die Gesichtsfurchen regelrecht zu-spachtelte, kam für sie nicht infrage. »Dann will ich lieber alt aussehen«, war ihre Devise. »Ich modelliere mir doch keine Maske.«

In Drogeriemärkten schlich sie oftmals an den Regalen entlang, in denen die Gesichtscremes zur Glättung der Hautoberfläche angeboten wurden. Antifaltencremes in schmucken Tiegeln und Töpfen zu horrenden Preisen stan-den einträchtig nebeneinander und warteten auf weibliche Kunden. Für jeden Hauttyp war etwas im Angebot und das superviel Feuchtigkeit spendende Ceramide fluid versprach das Verschwinden der Falten für immer. Ja, wer's glaubt, wird selig, dachte sie und konzentrierte sich wieder auf ih-ren Einkaufszettel.

Einmal in der Woche traf Lisa sich mit ihren Golf-freundinnen. Mein Gott, was hatten sie für zarte und ma-kellose Gesichter. Die meisten waren älter als sie. Aber das Alter sah man ihnen gar nicht an. Sie sahen eher jünger aus. Natürlich, dachte Lisa, sie kaufen bestimmt ihre Kos-metikartikel nicht im Drogeriemarkt, sie greifen sicherlich auf Nobelfirmen zurück und nicht auf die Hausmarke einer Drogeriemarktkette. Der Anblick der Damen beeindruckte sie und sie nahm sich vor, gelegentlich nach den Bezugs-quellen ihrer Cremes zu fragen. Da stand Viktoria vor ihr. Ihre akkurat gezeichneten Lippen in einem warmen Orange, passend zu ihren rötlichen Haaren, sahen schon toll aus. Lenkt sie mit diesen außergewöhnlichen Farbkomponenten von ihren Falten ab?, schoss es Lisa durch den Kopf. Nein, sie hatte keine Falten. Auch Ingrid, eine pensionierte Lehrerin, ihre Haare aschig blond, aber Falten? – keine Spur. Wie machen die Damen das bloß? Zwei ganz aalglatten Gesichtern hatte Lisa auch schon einmal gegenüber gesessen. Über die beiden wurde gemunkelt, dass sie sich „unters Messer" gelegt hatten. Sie sahen etwas sehr verspannt aus, auf keinen Fall entspannt, denn ihr Erscheinungsbild wirkte einfach unnatürlich. Ein operativer Eingriff? Nein, niemals. Man sollte zu seinem Alter stehen. Auf jeden wartet schließlich der Herbst des Lebens. Allerdings – die Falten müssen ja nicht gleich in solcher Macht auftreten, so wie bei mir, dachte Lisa. Ach, was soll's, es gibt Wichtigeres im Leben, als sich über seine Falten Sorgen zu machen. Wem sie nicht gefallen, der soll halt wegschauen.

DISKREPANZ

Ihr Alter ist nur eine Zahl,
in ihrem Alltag sekundär;
doch trifft es sie von mal zu mal
und macht die Sache trotzdem schwer,
wenn sie da draußen dann erlebt,
wie leicht die Leute nach Belieben
die anderen in Laden schieben,
auf denen Jahre festgeklebt.

In Blöcken ordentlich gruppiert,
und das nicht nur zur Übersicht,
wird jedem damit suggeriert,
was zu ihm passt – und auch, was nicht –
an welche Stelle man gehört,
wie jeder sich hat zu verhalten,
die jungen, mittleren und alten:
das hat sie immer schon gestört!

Für sie zählt doch nur der Moment,
vielleicht noch mal die Tagesform,
sie braucht kein Altersinstrument
mit Vorgabe von Lebensnorm –
herrscht ganz allein in ihrem Reich.
Ihre Konstanz bleibt variabel,
so lebt es sich auch ganz passabel,
und alle Regeln sind ihr gleich.

Sie hat ein eigenes Gespür
für ihren Körper und den Geist,
entschuldigt sich auch nicht dafür,
denn es gefällt ihr ja zumeist –
und sieht das Leben mehr als Tanz.
Was kümmern sie noch Zehnergrenzen
bei so viel gut gelebten Lenzen:
Zum Teufel mit der Diskrepanz!

In fröhlicher Runde saßen die Golfdamen nach einem Turnier beisammen, nachdem sie im sanitären Bereich der Damenumkleidekabinen das allumfassende Spektrum zwischen Katzenwäsche und professionellem Styling durchlaufen hatten. Sie warteten auf die Siegerehrung. Es wurde geschnattert und erzählt, gejucht und gelacht. Zwischen aktuellen Witzen, kleinen Anekdoten und interessanten Golfrunden-Erlebnissen führten einige der Damen ihre neuesten Errungenschaften vor. Ellen hatte eine neue Handtasche, Traudl einen ausgefallenen Gürtel. Anna präsentierte den Traum einer Designersonnenbrille und Monika ließ die Fotos ihrer Enkelkinder kreisen. Lisa kramte in ihrer Handtasche. Sie hatte auch eine Neuanschaffung getätigt und war daran interessiert zu erfahren, ob sie gut gewählt hatte. Sie hatte es endlich gewagt, sich eine Gleitsichtbrille zugelegt, die aber noch so neu und ungewohnt war, dass sie sie zum Golfspiel noch nicht getragen hatte. Sie wollte das Ergebnis ihres heutigen Turniers nicht durch einen gleitsichtglasgefährdeten Blick in Gefahr bringen. Eine Gleitsichtbrille hat so viele verschiedene Blickfelder und auch tote Winkel, dass sie Lisa sicherlich negativ beeinträchtigt hätten.

»Oh, die ist aber hübsch«, ertönte es aus Evas Mund, »die wäre auch was für mich, sieh mich mal an. Die hat ja ein so filigranes Brillengestell, dass man beim Rückschwung nicht vor einen dicken Bügel schaut.«

Lisa rückte die Brille zurecht, neigte den Kopf zur rechten Seite und mit strahlendem Lächeln blickte sie Eva an. Es verschlug ihr fast die Sprache. Ihr Gesichtsausdruck veränderte sich abrupt. Sie starrte Eva an, dann Traudl. Langsam drehte sie den Kopf nach links in Richtung Renate und

Carmen, anschließend wie in Zeitlupe nach rechts zu Ingrid und Helga. Sie kam aus dem Staunen gar nicht mehr heraus. Schlagartig war sie wieder die Jüngere unter den Damen und fühlte sich in eine faltige Gesellschaft aufgenommen. Die Gleitsichtbrille brachte erbarmungslos zutage, was Lisa bisher bei ihren Golffreundinnen verborgen geblieben war: FALTEN!

5. FAST WIE ZUHAUSE

Das Haus war voll. Die Kinder mit ihren Freundinnen und Ehepartnern bevölkerten das Wohnzimmer. Die Enkel krabbelten zwischen Tisch- und Stuhlbeinen hin und her und wirbelten den erreichbaren Inhalt der Schränke durcheinander. Es schepperte und polterte. Alle Erwachsenen redeten durcheinander. Der jüngere Nachwuchs schrie und tobte. Oder war das Lachen? Der Hausfrau standen in der Küche die Haare zu Berge, und sie bereitete das Abendessen zu. Der Geräuschpegel näherte sich gefährlich der zulässigen Obergrenze. Eine Nachbarin schellte an, um sich nur zwei Eier zu leihen. Jeder der Anwesenden wusste, dass sie nur vorbeikam, weil sie darauf spekulierte, eingeladen zu werden, zu bleiben. Es wurde immer genug aufgetischt und auch Fritz, ihr Mann, würde gleich herübergerufen werden. Sie wartete förmlich nur auf die Aufforderung aus der Küche: »Bleib doch zum Essen. Hol Fritz rüber. Ich hab genug für alle gekocht.«

Dem Hausherren war das alles zu viel. Er konnte die Lautstärke der Gäste nicht ertragen und es gefiel ihm nicht, dass sich alle miteinander kreuz und quer angeregt unterhielten, die Probleme der Welt lautstark lösen wollten und ein Urlaubsbericht gigantischer war als der andere. Nur ihm widmete niemand Aufmerksamkeit.

»Herbert! Komm, lass mal die Luft aus meinem Glas«, wurde er aufgefordert. Dreimal war er mittlerweile in den

Keller gelaufen und hatte für Nachschub gesorgt. Er war doch hier in seinem eigenen Haus nicht der Kneipier. Herbert ging noch einmal in den Keller, stemmte den Kasten Bier die Treppe hinauf und stellte ihn unter den Garderobenständer, in sicherem Abstand von den Krabbelkindern. Der Griff zu seiner Jacke war spontan und Herbert stand von außen vor seiner Haustür. Es würde niemand merken, wenn er sich verdünnisierte. Vielleicht, wenn der Besuch das Schlachtfeld verlassen hatte, erinnerte sich seine Frau daran, dass es ihn auch noch gab. Herbert steckte sich eine Zigarette an, füllte genüsslich seine Lungenflügel mit dem schädlichen Qualm und machte sich auf den Weg zu seiner Stammkneipe.

Er hörte seine Schwiegertochter kreischen: »Aber Herbert, mach die Kippe aus, denk doch an die Gesundheit deiner Enkel!« Er machte einen zweiten Zug und sah sich um. Zum Glück war da niemand. Jetzt verfolgt mich diese Stimme schon in meinen Gedanken.

AUF DER FLUCHT

Wenn alles nervt und nur noch reizt,
dein Leben mit dem Guten geizt,
dann willst du weg um jeden Preis,
und drehst dich trotzdem nur im Kreis.

Denn du allein bist hier der Grund,
nicht diese Welt treibt es zu bunt,
die Farbe in dir ist verblasst
und macht, dass du nun alles hasst.

Wer flüchtet, der bewegt sich fort,
sucht für sich einen bessren Ort,
an dem er sich ertragen kann,
ein Mann sich wieder fühlt als Mann.

Doch dieser Wunsch erfüllt sich nicht
und trägt ein treuloses Gesicht;
der Fettnapf, der kommt ständig mit
für deinen zielsicheren Tritt.

So bleibt die Flucht für dich nur Traum,
dein Leben ändert sie wohl kaum,
denn du kommst nie aus dir heraus,
nimmst immer mit dein Schneckenhaus.

Herbert trat durch die braune Holztür mit dunkler Bleiverglasung in einen dämmerigen Schankraum ein. Das Fenster war von einer Pflanze zugewuchert, der niemand mehr Herr zu werden schien. Herbert hatte sich schon oft gefragt, wie sie sich ohne Sonnenlicht so vermehrte.

»Na, Herbert, bisse aufer Flucht?«, begrüßte ihn die Wirtin. Herbert nickte nur leicht. Jetzt sahen ihm bereits fremde Leute an, dass er in seinem Haus, von der eigenen Sippschaft sozusagen, ausgebombt war. Aber Elfriede war eigentlich keine Fremde. Ihre therapeutischen Fähigkeiten sorgten dafür, dass sie ihre Pappenheimer genau kannte. Sein Pils wurde schon gezapft und es stand nur Sekunden später vor ihm auf dem Tresen. Mit einem dicken Bleistift ritzte die Wirtin eine Kerbe in den Bierdeckel.

»Ich hab' in der Küche zu tun, die Frikadellen sind noch nicht ganz fertig«, sagte Elfriede und verschwand hinter einem Perlenvorhang. Herbert setzte sich auf den hölzernen Thekenstuhl, klemmte seine Füße um die lädierten Holzbeine und legte die Arme verschränkt auf die feuchte Theke, die Elfriede gerade erst abgewischt hatte. Er starrte einfach vor sich hin und genoss die Ruhe. Andere gingen zum Yoga, er fand hier seine innere Mitte wieder. Er griff zur Tageszeitung, aber die hatte er bereits morgens im Büro gelesen. Das Blättchen mit den Veranstaltungshinweisen der Region ließ er liegen. Was darin stand, war mehr für junge Leute bestimmt. Schade, dass Elfriede für ihn keine Zeit hatte. Er leerte sein Glas.

»Machse mir noch eins?«, rief er.

Elfriede erschien und die zweite Kerbe zierte seinen Bierdeckel. »Kommt bestimmt gleich jemand«, sagte sie. »Is halt noch etwas früh.«

So ein kleiner gemütlicher Plausch wäre nicht schlecht. Wird gleich schon einer auftauchen.

Bevor Herbert sein zweites Glas geleert hatte, kam Christian.

»Na, Herbert, alles klar?«, fragte er. »Schon so früh heute?«

»Tach Christian, ja alles klar.«

Eine Kneipenkommunikation fängt immer langsam an. Die muss reifen, braucht einfach ihre Zeit.

»Hoffentlich hält sich das Wetter. Wir wollen grillen«, sagte Christian.

»Hält sich bestimmt«, antwortete Herbert. Er hätte jetzt gerne den Himmel angesehen, um seine Einschätzung zu untermauern, aber über ihm war nur eine braun getäfelte Holzkassettendecke. Also senkte er seinen Blick wieder und wartete, bis Christian weitersprach. Er hob sein Glas, hielt es Herbert entgegen und nickte leicht. Solche Gesten beinhalten doch eine ungeheure Informationsvielfalt. Wer muss das in Worte fassen? Christian schien die Tageszeitung noch nicht gelesen zu haben.

Lange nichts von Pitt gehört, dachte Herbert und tippte eine SMS in sein Handy. *„Lust auf ein Pils? Bin bei Elfriede."*

Christian faltete geräuschvoll die Zeitung zusammen, als Pitt sich zwischen Herbert und ihn stellte.

»Mensch Herbert, lange nicht gesehen!« Mit einem Handzeichen orderte er gleich drei Bier.

Christian kam Pitts Anwesenheit sehr gelegen. Er hatte vorgehabt, ihn anzurufen. Seine neue Pergola musste verankert werden. Vielleicht bot er auch seine Hilfe beim Aufbau an, schließlich war er Schreiner. Herbert hörte nur mit halbem Ohr zu. Er hatte keine Pergola. Dann steckte Axel den Kopf zur Tür herein.

»Mann, is ja schon richtig voll hier«, sagte er.

»Hallo Axel, wie immer?«, fragte Elfriede und hatte den Schraubverschluss der Rotweinflasche schon in der Hand. Axel wurde gleich in die Gruppe der Baumarktfachmänner aufgenommen, denn seine Berufserfahrung als Architekt würde das Projekt Pergola bereichern. Herbert stand abseits.

Neugierig taxierte Herbert einen neuen Gast. Dieser reichte Elfriede eine CD über den Tresen.

»Leg mal ein, echt geile Mucke.«

Aus den Lautsprechern dröhnten rockige Klänge. Nicht schlecht, aber zu laut zum Unterhalten. Elfriede stellte die Platte mit den köstlich duftenden Frikadellen auf den Tresen und stülpte eine Haube darüber. Herbert hielt ihr einen

Fünfer hin. »Komm, Herbert eine für unterwegs. Wer weiß, ob sie dir zuhause was übrig gelassen haben.«

Eigentlich hat man doch nirgendwo seine Ruhe. Ihn interessierte weder die neue CD von diesem Typen noch das Pergola-Problem von Christian!
Er dekorierte die Frikadelle mit einer großen Portion Senf und trabte wieder auf sein familiäres Schlachtfeld zurück.

SENIL AM TRESEN

Sie kleben steif und stur am Hocker,
beschimpfen Gott, die ganze Welt;
sind alles, aber niemals locker,
und es gibt nichts, was nicht missfällt.

Sie trinken lautlos und bestellen
durch knappes Nicken mit dem Kopf;
und alle Kurzen, alle Hellen,
zerfließen still in ihrem Kropf.

Mit ihren starren, kalten Augen
visieren sie die Kellner an,
als könnten sie so Jugend saugen,
doch jeder bleibt ein alter Mann.

Nach einem letzten Glas am Tresen
bezahlen sie und gehn nach Haus,
sind wie gewohnt senil gewesen:
so einfach sieht ihr Alltag aus.

6. DIE SCHRAUBE

Drängeln, Hupen, derbe Diskussionen beherrschten den Parkplatz des Baumarktes. Die Werbebeilage des Stadtspiegels lockte an diesem frühlingshaften Samstag alle Hobbygärtner und Freiluftbastler auf einmal aus ihren Löchern. Die Jagd auf Sonderangebote war eröffnet. Ich war aber in anderer Mission unterwegs. Mein Mann hatte mir eine Schraube in die Hand gedrückt und mich gebeten, ihm genau eine von diesem Modell mitzubringen.

In Gedanken versunken ging ich auf die Schlange der Einkaufswagen zu, die regengeschützt vor dem Baumarkt auf Kunden warteten. Meine Hand in der Jackentasche fingerte ich nach dem Chip, um damit ein solches Gefährt aus der Verankerung zu lösen. Im letzten Moment drehte ich ab und ging direkt auf die große breite Eingangstür zu. Wer braucht einen Einkaufswagen, wenn er nur eine Schraube kaufen möchte? Das kleine Teil kann ich in der Hand zum Kassenband tragen.

Zielstrebig folgte ich den Hinweisschildern zur Schraubenabteilung und wich dem Menschenstrom geschickt aus, der in die Gartenabteilung unterwegs war. Schrauben schien an diesem Samstag niemand kaufen zu wollen. Ich stand allein in einem Verkaufgang. Das Angebot war erschlagend. Ein riesiges Wandregal, übersät mit kleinen Fächern. In jedem häuften sich unterschiedliche Modelle. Die Plexiglaslade, in dem meine Wunschschraube gelagert wurde, fand ich nach kurzer Orientierung trotzdem recht schnell. Ich hielt das Objekt meiner Begierde in der Hand, schaute mich fragend um. Ein Kundenberater eilte durch meinen Gang.

»Hallo, haben Sie einen Moment Zeit für mich?«, fragte ich.

»Später. Ich habe gerade einen Kunden. Bin gleich für Sie da!« Er kehrte zurück, war aber immer noch in Eile.

»Darf ich hier eine Schraube herausnehmen? Und wo finde ich den Preis?« Er schüttelte den Kopf. Das sah nach einem „Nein" aus.

»Da müssen Sie schon mindestens zehn Schrauben nehmen, sonst reagiert die Waage nicht«, antwortete er.

»Ich benötige aber keine zehn Schrauben, sondern nur eine«, erwiderte ich.

Der freundliche Herr bescheinigte mir persönliches Pech. Ich bezeichnete die Verkaufsmethode als Konsumterror. Sein lächelnder Gesichtsausdruck verdüsterte sich. Ich sah ihm an, was er dachte: Frauen, dazu blond, bleiben am besten in ihrer Küche. Abwertender konnte sein Blick nicht sein. Er ließ mich mit der Schraube in der Hand im Gang stehen und wandte sich wichtigeren Dingen zu.

Zwischen den Regalen entdeckte ich eine Waage, wie sie in Gemüseabteilungen von Supermärkten genutzt wurden. Ich ließ meine Schraube in die metallene Waagschale fallen. Es klirrte leise. Ein digitales Feld forderte mich auf, die Artikelnummer einzutippen. Das war ein Leichtes für mich. Das Anzeigenfeld reagierte. Ich las: 0,002 kg. Der Preis pro Kilo wurde mit 16,48 Euro angegeben. Ich tippte auch ihn ein. Meine Schraube kostete 0,03 Euro oder 3 Cent. Ich drückte auf die Ausgabetaste für den Klebebon. Zufrieden schlug ich den Weg zur Kasse ein. Die Werbetafeln mit den Mitnahmeangeboten interessierten mich nicht.

Ich widerstand dem Drang, mir aus der Kühltheke ein Eis am Stiel zu nehmen und stellte mich an das Kassenband. Als ich an die Reihe kam, fragte die Kassiererin: »Wo ist Ihre Ware?« Ich reichte ihr den Bon und präsentierte ihr die Schraube in Augenhöhe, die ich zwischen Daumen und Zeigefinger geklemmt hielt. Sie betrachtete die Schraube, sah mich an.

»Haben Sie eine Partnerkarte von unserem Haus?«, fragte sie, »dann gibt es Prozente.«
Ich suchte im Plastikkartensortiment meines Portemonnaies und reichte ihr die Karte, die mich als treuen Kunden dieses Unternehmens kennzeichnete. Das Kassensystem schien überfordert, konnte den Rabatt von 5 % von 3 Cent nicht ermitteln. Oder war das Gerät defekt?

»Schade für Sie«, sagte die nette Kassiererin, »funktioniert nicht, dann bleibt es eben bei 3 Cent.« Sie streckte mir ihre geöffnete Hand entgegen. Ich sortierte meine Partnerkarte in das Fach meines Portemonnaies zurück, fingerte die goldene Kreditkarte heraus. Bevor die Dame an der Kasse explodierte, auf die Stornotaste drückte, es sich anders überlegte und mir die einzelne Schraube nicht verkaufen wollte, sagte ich schnell:

»Ich bezahle heute cash, hab' gerade festgestellt, so viel Bares habe ich dabei.«

Drei einzelne Cent-Stücke legte ich auf dem schwarzen Laufband ab und zählte laut vor: »Eins, zwei, drei«. Die Kassiererin trat auf ein unsichtbares Pedal und die drei Münzen verschwanden im Ritz zwischen Transportband und Metallkante. Schweigen hüllte uns ein.

»Darf ich die Schraube jetzt mitnehmen?«, fragte ich in die Stille. »Gilt sie als bezahlt?«

Ich wartete auf eine Antwort. Nichts passierte. Die Kassiererin widmete sich bereits dem nächsten Kunden. Der Scanner piepste und ein Schraubenzieher, eine Kabeltrommel und eine Steckdose liefen an mir vorbei. Ich sah den Kunden hinter mir an, der nach seiner Partnerkarte zu suchen schien und sagte: »Die Partnerkarte brauchen Sie heute nicht herausholen, das Kassensystem scheint defekt zu sein.«

DIE ZWEITE MUTTER

Ich hab' ne zweite Mutter,
doch ist sie nur aus Stahl,
sie lag wie Hühnerfutter
in einem Lesesaal.

Gelockert nun die Schraube,
zu der sie einst gehört,
wobei ich von mir glaube,
ich bin verbal gestört.

Denn wer auf Muttern dichtet,
die nicht lebendig sind,
der hätte auch berichtet
vom Schlüsselschraubenkind.

Und unterlegte Scheiben,
die mir noch nachgereicht,
die sollten liegenbleiben,
nicht lyrisch aufgeweicht.

So dichtet mancher Dichter
den allerletzten Stuss,
und seh ich euch Gesichter,
mach ich jetzt lieber Schluss.

7. SCHATZ, SCHLÄFST DU SCHON?

Es war der 13. Februar, sozusagen Valentinstag Heiligabend.

»Ich gratuliere Ihnen zu vierundsechzigtausend Euro,« mit den Worten hatte Günther Jauch gerade den netten sympathischen Kandidaten, unverheiratet aber liiert, keine Kinder, verabschiedet. Klaus-Dieter muss es gespürt haben, vielleicht hatte er auch den abgeschlossenen Teil des Abendprogramms im Unterbewusstsein während seines vorabendlichen Sofaschlafs wahrgenommen, denn er quälte sich aus seiner Sofaecke, drückte seiner Angetrauten einen Kuss auf die Stirn und verabschiedete sich ins Schlafzimmer:

»Ich geh noch ein paar Zeilen lesen, bis gleich«, murmelte er. Hellen zappte eine Zeit lang durch die Programme und als sich nichts Interessantes bot, raffte sie sich auf und ging ins Bett. Sie wollte auch noch ein Kapitel lesen, um dem abendlichen Ritual Genüge zu tun.

Als Klaus-Dieter bereits zum zweiten Mal der schwere Science-Fiction-Roman auf die Brille und damit auch auf sein Gesicht gestürzt war, legte er das Buch zur Seite, brachte seine Lesehilfe in Sicherheit und knipste seine Nachttischlampe aus.

Hellen las zum wiederholten Male ein und dieselbe Seite ihres Krimis. Sie konnte sich einfach nicht darauf konzentrieren. Immer wieder verschwammen die Buchstaben vor ihren Augen. Sie würde auf jeden Fall ihre Leselampe noch nicht ausmachen. Sie demonstrierte ihre Selbstbestimmung, ihre Emanzipation damit, dass sie es sich vorbehielt, den Zeitpunkt zu bestimmen, wann sie das Licht löschen würde. Als ruhige, regelmäßige Atemzüge aus dem Nachbarbett zu ihr herüberdrangen und sie für heute den letzten Versuch beendet hatte, Kapitel drei ihres Krimis zu lesen, hüllte sie das gemeinsame Schlafzimmer in Dunkelheit. Sie wartete noch eine kleine Weile, bis sie sich zu ihrer wohlüberlegten Frage entschloss.

»Klaus-Dieter, schläfst du schon?«

»Ja«, murmelte er.

»Schade!

Wenn du schon schlafen würdest, dann könntest du mir doch gar nicht antworten. Warum behauptest du etwas, das gar nicht stimmt?«

»Eigentlich ist doch ganz egal, ob ich mit Ja oder Nein antworte, allein dass ich antworte, müsste dir doch signalisieren, dass ich noch nicht schlafe.«

Hellen starrte mit offenen Augen in die Dunkelheit und nur wenige Lichtstreifen fielen durch die lässig zugezogenen Vorhänge.

»Klaus-Dieter, liebst du mich?«

»Nein«, war aus dem Nachbarbett zu hören.

»Warum lügst du, ich weiß, dass du mich liebst.«

»Warum fragst du dann, wenn du sowieso die Antwort weißt?«

»Na, weil ich es gerne ab und zu mal aus deinem Mund hören möchte«, sagte Helen.

»Was?«

»Na, dass du mich liebst.«

»Okay, wenn du dann besser schlafen kannst. Ja!«

»Wie soll ich das jetzt verstehen? Vorhin hast du noch

gesagt, dass du „Ja" sagst, wenn du „Nein" meinst und umgekehrt. Liebst du mich jetzt oder nicht? Bist du eigentlich nicht in der Lage, in ganzen Sätzen zu sprechen?«

»Doch.«

»Und warum tust du es nicht?« Hellen war beleidigt. Sollte Klaus-Dieter gerade noch die nötige Bettschwere verspürt und mit einer kurzen Einschlafphase gerechnet haben, zögerte diese sich jetzt hinaus.

»Lass uns morgen darüber sprechen, ich möchte jetzt gerne schlafen.«

»Das waren ja wenigstens schon mal einige zusammenhängende Worte. Du hast es nicht verlernt.«

»Was?«

»Na, das Sprechen«, sagte Hellen entrüstet.

Klaus-Dieter fiel in einen ersten Halbschlaf und Hellen grübelte.

»Klaus-Dieter, weißt du, was morgen für ein Tag ist?«

»Ja, Mittwoch«, kam nach einer Bedenkzeit die Antwort.

»Nein, das meine ich nicht. Ich meine, was für ein Festtag morgen ist?«

Jetzt reichte es Klaus-Dieter langsam. Er brauchte seine wohlverdiente Nachtruhe.

»Nein, weiß es nicht. Ich habe morgen keinen Festtag, ich muss arbeiten. Lass mich doch bitte schlafen.«

»Schade, wenn du mich lieben würdest, dann wüsstest du, was morgen für ein Tag ist«, setzte Hellen ihr Gespräch unbeirrt fort.

Klaus-Dieter war bereits einige Male kurz in die Halbwelt des Schlafs gesunken und jede erneute Frage seiner Bettnachbarin rief ihn wieder zurück. Wenn er noch in der Lage gewesen wäre, einen klaren Gedanken zu fassen, dann hätte er jetzt deutlich und unmissverständlich formuliert:

»Ja, ich liebe dich« und zur Steigerung hätte er noch hinzugefügt, »wie am ersten Tag.« Aber er war dazu nicht mehr in der Lage.

Während der Schlaf erneut seine Finger nach ihm ausstreckte und er absank in eine lilablaue Tiefe, fand er sich auf dem Kandidatenstuhl von Günther Jauch wieder. Er versuchte, sich krampfhaft daran zu erinnern, was morgen für ein Festtag sei. Er sah das bläuliche Schild mit den vier Lösungsmöglichkeiten auf seine Frage vor sich auftauchen:
A Geburtstag | B Weihnachten,
C Hochzeitstag | D Valentinstag.
Das waren auch die Alternativen, die ihm bei der Fragestellung in Bezug auf seine Frau spontan einfielen. Diese Tage durfte er nicht vergessen. Es waren die Tage, an denen der materielle Beweis seiner Liebe zu Hellen gefordert wurde. Er brauchte keine Joker und entschied sich spontan für D Valentinstag.

»Welche Gewinnstufe habe ich jetzt erreicht«, fragte er Günther Jauch.

»Na, die fünfhundert Euro sind Ihnen auf jeden Fall sicher. Was machen Sie mit dem Geld?«

»Ich besorge eine Überraschung, eine Überraschung für meine Frau.«

»Klaus-Dieter, Schatz, schläfst du schon? Was flüsterst du da von einer Überraschung?«
Hellen griff sich den Zipfel ihrer Bettdecke und kuschelte sich voller Vorfreude auf den morgigen Valentinstag ein. Herzen jeglicher Couleur blitzten vor ihrem inneren Auge auf, besonders rote und lilafarbene. Rote Rosen und bunte Blumensträuße begleiteten sie in den Schlaf.

Was ist es doch schön, wenn man sich auch ohne viele Worte versteht, dachte sie. Ich liebe ihn.

WACHSAM

In Liebe wurdet ihr getraut,
auf dass euch nichts und niemand trennt,
habt eure Zukunft aufgebaut,
und lebt nicht nur für den Moment.

Jedoch bei aller Sicherheit,
die euch im Alltag schützt, umgibt,
fragt ihr euch trotzdem mit der Zeit:
werd ich auch immer noch geliebt?

Bewährter Trott, tagein, tagaus,
macht oft bequem, was dazu führt,
dass ein solides, starkes Haus
die Schwäche, die es hat, nicht spürt.

Ihr solltet daher wachsam sein,
euch ständig prüfen, ungeniert,
damit bei allem Dein und Mein
sich nicht das Uns mit euch verliert.

8. DER AUFTRITT IN ROT

VOR DEM AUFTRITT

Die Texte sind längst festgelegt,
der Ablauf steht, doch bin ich nicht
mit mir im Reinen, aufgeregt,
und Zweifel steht mir im Gesicht.

Die Zeile, die schon viele mal
zitiert, beklatscht, ja selbst gekrönt,
stell ich an meinen Marterpfahl –
sie hat sich an Kritik gewöhnt.

Vergessen bleibt dann jedes Lob,
denn nur der nächste Auftritt zählt,
und das, was ich aus Worten wob,
muss zeigen, ob es gut gewählt.

Ich bin beschäftigt, konzentriert,
und schieb doch Zeit nur vor mich her,
damit die Furcht an Macht verliert –
so wie der Rabe Nimmermehr.

Bis an die Grenzen meiner Norm
reiz ich die Seelenkarten aus,
und weiß doch nicht um meine Form,
und nichts um baldigen Applaus.

Dann wird es ernst, mein Name fällt,
das Publikum erwartet mich;
ich trete ein in diese Welt,
was vorher war, verdränge ich.

Es wird wie immer anders sein,
doch stell ich das erst später fest,
wenn nächstes Mal mich ganz allein
der Auftritt wieder warten lässt.

Warum fällt es mir so schwer, die Künstlerin anzuschauen? Sie steht auf ihrer kleinen Bühne, das Publikum im Visier, sucht Blickkontakt. Ich wende mich ab, beobachte die Dame aus dem Augenwinkel. Langsam drehe ich den Kopf zurück. Ihr Lächeln trifft mich erneut. Ihre Augen funkeln mich an.

Was will sie von mir? Warum sieht sie immer nur mich an? Bilde ich mir das ein? Was glaubt sie, in meinem Gesicht zu lesen? Ich versuche, die Mimik zu kontrollieren, bin bemüht, Neutralität auszustrahlen. Ihr strahlendes Lächeln erwidere ich nicht. Ich weiß, es ist nicht freundlich. Ein positiver Blick von mir käme einer heuchlerischen Geste gleich. Die Augen gesenkt, schaue ich auf meine Hände, drehe die Ringe in Position. Für einen kurzen Moment bin ich abgelenkt. Dann steht die Bühne erneut in meinem Fokus. Ich scheine immer noch für die Künstlerin der Mittelpunkt des Publikums zu sein. Ihr strahlendes Lächeln trifft mich wieder mit voller Wucht. Ich fühle mich verunsichert, bin leicht irritiert. Kann sie nicht einmal jemand anderen ansehen? Warum fixiert sich die Sängerin nur auf mich? Ich will nicht ihr Kontrapunkt im Publikum sein, ihr Partner im Spiel mit den Zuhörern.

Ihr Gesang ist laut, eher schrill. Ich erkenne Melodien, kann sie aber nicht zuordnen. Die Stimme der Künstlerin ist schrecklich. Sie versteht es nicht, den Ton zu halten. Oder ist es gar nicht ihre Absicht? Meine Gedanken bewegen sich zwischen Unvermögen und Provokation. Ist es künstlerische Freiheit, bekannte Melodien zu verändern, miteinander zu verflechten? Diese musikalische Darbietung gefällt mir nicht. Ihre skurrile Erscheinung kann die Gesangseinlage auch nicht wettmachen. Sie verliert für mich immer mehr an Farbe. Obwohl: Farbe ist ein Element, mit dem sie spielt, das sie in ihren Auftritt einbezieht. Ein aufdringliches Rot, das im Kontrast zu Schwarz mehr und mehr in den Beobachter eindringt. Ein schwarzer Hut mit breiter Krempe, dekoriert mit einer roten Blume. Rot angemalte Lippen, eine Spur zu ordinär. Nein, mehr als eine Spur. Ein rotes Schlauchkleid, mit einem knappen schwarzen Bolero, unter dem recht üppigen Busen gebunden, umschließt ihren Körper. Rote Gummistiefel! Das farbliche Potpourri passt, getrennt von der Person betrachtet. Aber die Künstlerin, die in diesem Outfit steckt, prägt das Bild als Gesamtwerk.

LILA LYRIK

,Lila ist wie Poesie',
hat sich in mir festgesetzt,
doch benutz ich es fast nie,
nehme lieber Rot und Blau,
denn da weiß ich ganz genau,
was sich darauf reimt zuletzt.

Violett ist auch nicht schön,
wenn es mir ums Dichten geht,
ist vielleicht nett anzusehn,
hat am Ende zwar Akzent,
aber kein Gefühl, das brennt,
ganz egal, wie man es dreht.

Und so haben alle Farben
ihre Eigenschaften, Gaben,
doch ich zähl nur zu den meinen,
die auch lyrisch mir erscheinen.

Während des ersten Parts des Auftritts halte ich meinen Kopf hauptsächlich gesenkt. Den ständigen Blickkontakt kann ich nicht aushalten. Warum trägt sie nur rote Gummi- stiefel? Es sind eher Stiefeletten, der Schaft ist kurz. Die Beine, die aus der roten Fußbekleidung herausschauen, sind von einer ungesunden, schlecht durchbluteten Nackt- heit. Fußfesseln gibt es nicht, weder in der Stiefelette, noch darüber. Der Knöchel geht in Wade und Knie über und verdickt sich in einer unförmigen, fleischigen Masse bis hin zu den Oberschenkeln, die unter dem Rand des Mini-schlauchkleides in Rot verschwinden. Der Stiefelschaft ist zu eng. Gibt es handelsübliche Gummistiefel, in die diese Waden passen? Nein, entscheide ich. Die Dame auf der Bühne hat das Problem praktisch gelöst, mit einer Schere. Vom oberen Rand des Schaftes hat sie einen Schlitz in die Stiefeletten geschnitten, der sich bis zum Fußrücken er-streckt. Die nötige Weite ist erreicht.

Warum trägt sie ausgerechnet Schuhwerk aus diesem wasserundurchlässigen Material, heute, bei 30° C und einem Auftritt in einem Zelt, in dem die unangenehme Luft, an-gereichert mit den Körperausdünstungen der Menschen, steht? Die nächste Frage drängt sich mir auf: Warum ist das Kleid so kurz, so eng? Muss das sein? Ist das gewollt? Der weiche Stoff malt gnadenlos jede Rundung ab. Jede. Muss der Fummel, so weit über dem Knie, das kaum erkennbar ist, aufhören? Ich hasse nichts mehr als Minikleider, die von den falschen Frauen getragen werden. Eine unausgespro-chene Kritik staut sich in mir. Das Erscheinungsbild dieser Künstlerin ist provokant. In mir kämpfen Ästhetik, Schön-heit, kabarettistische Provokation miteinander. Die Frau ist eine Lachnummer, aber ich kann nicht darüber lachen, denn ihre Blicke haben mich zu einem Teil von ihrem Auf-tritt gemacht. Wie es scheint, bin ich den Medien verfallen, die uns wieder und wieder Schönheitsideale vorgaukeln, die für den größten Teil der weiblichen Bevölkerung ein Leben lang nur ein Traum bleiben werden. Ich kenne nur wenige Frauen, die groß und schlank sind und so lange Beine haben, dass das rote Schlauchkleid an ihnen wie ein Designer-

Modell von Lagerfeld aussehen würde. Wer sieht schon aus wie Germanys next Topmodel? Eine Sendung, die ich mir bisher noch nie angeschaut habe. Ehrlich! Nein, es ist mein eigenes ästhetisches Empfinden. Ich bin auch nicht superschlank und es liegt mir fern, über die Figuren anderer Menschen zu lästern. Jeder ist, wie er ist, Hauptsache: Er ist zufrieden, fühlt sich wohl in seiner Haut.

DAS SCHÖNE IDEAL

Die Modeschöpfer dieser Welt,
sie wollen uns nur helfen,
verzaubern Stoff in ganz viel Geld
und alle Frau'n in Elfen.

Ob groß, ob klein, egal wie schwer,
ganz leicht, sie zu verwandeln;
ein jedes Mädchen hat das Flair,
sich Schönheit einzuhandeln.

So tragen sie den Hauch von Nichts,
die Schuhe vom Designer,
trotz allem ‚Über' des Gewichts –
je fetter, desto feiner.

Denn der Maestro setzt den Trend
nicht für die große Masse,
weil den nur eine Dame kennt –
und er füllt sich die Kasse.

Die Kombination aus Stimme und Optik wird abgerundet mit Texten, die aus dem Mund dieser Künstlerin sprudeln. Diese Dreierkombination setzt meine Fantasie in Gang, der ich nicht mehr Herr werde, solange ich gefangen zwischen anderen Zuschauern sitze und der Gesamtheit dieses Kunstobjektes ausgesetzt bin.

Sie singt von frustrierten Ehefrauen, die sexuell von ihren Männern vernachlässigt werden. Die kein Interesse an Männern ihrer Altersklasse haben, sondern nach jüngeren Ausschau halten. Sie behauptet in ihren Texten, dass diese jungen Burschen nur darauf warten und allzeit bereit wären. Meine Fantasie wird grenzenlos. Ich stelle mir diese Frau auf der Bühne nackt, in inniger Umarmung mit einem attraktiven jungen Mann vor. Vielleicht mit dem, der gerade zu meiner Rechten sitzt. Ich spüre blankes Entsetzen in mir aufkommen. Nein, niemals, diesen Gedanken kann ich einfach nicht zulassen. Ich schüttle meinen Kopf in der Hoffnung, die grässlichen Bilder fallen in meine tiefsten Speicher zurück.

Warum applaudiere ich eigentlich? Ist es eine Geste der Höflichkeit, der ich mich nicht entziehen kann? Die Künstlerin verbeugt sich artig, gewährt einen wogenden Einblick in ihr Dekolleté. Sie schwingt ihren Hut. Kokett bewegt sie ihren Kopf. Unsere Blicke haften aneinander wie zwei Magneten. Ich lese in ihren Augen: Du zählst auch zu diesen Frauen. Merkst du nicht, dass du nur in einen Spiegel schaust, wenn du mich ansiehst, mir zuhörst?

Ich kämpfe mit mir, aufzustehen und das Zelt zu verlassen. Die unerträgliche Hitze würde eine Flucht rechtfertigen. Ich bleibe sitzen. Peinlich berührt schaue ich nach rechts, blicke direkt in das Gesicht meines jugendlichen Nachbarn.

Er sieht mich neutral an, leicht entsetzt. Er grinst nicht, weder blöd noch amüsiert. Die Sekunden vergehen. Was denkt er nur? Es interessiert mich, ob er sich mit den allzeit bereiten jungen Männern identifiziert. Wir versuchen beide, die Gedanken des anderen zu erfassen. Die Sekunden werden zu Minuten. Ich bin mir sicher, wir denken das Gleiche. Auch er ist nicht das Spiegelbild der jungen Männer, die die Künstlerin besungen hat und ich nicht das der Frauen.

Ich schaue wieder auf den Boden, konzentriere mich weiter auf die Texte. Jetzt singt sie von Frauen in den Wechseljahren, die feststellen, dass sie einen faltigen Hals haben. Für diese Damen hat die Rollkragensaison begonnen, teilt sie dem Publikum singend mit. Diese Frauen werden Liebhaberinnen von Tüchern und Schals, die noch mehr Wärme produzieren. Ihre hormonell bedingten Schweißausbrüche potenzieren sich. Ich prüfe in Gedanken meinen Kleiderschrank. Berge von Schals und Halstüchern stapeln sich dort. Ich liebe diese Accessoires in jeder Form und Farbe. An Alter und Falten, die angeblich damit kaschiert werden sollen, habe ich beim Kauf nie gedacht. Ich habe schon Tücher gesammelt, da wusste ich noch nicht einmal, wie man das Wort „Falte" schreibt.

»Machen Falten alt? Machen Falten mich alt?«
Falten sind Ausdruck des Lebens. Alt sieht man nur aus, wenn die Ausstrahlung aus dem Gesicht gewichen ist. Wenn man das Lachen verlernt hat, wenn negative Emotionen die Mimik bestimmen, wenn die Lebensfreude erloschen ist. Ich verberge keine Falten und ich brauche auch keine jungen Männer, um meinem Alter entgegenzuwirken. Warum schafft sie es nur mich zu motivieren, über meine Falten nachzudenken?

Ich betrachte den Musiker, der die Sängerin am Keyboard begleitet. In der Tiefe der Bühne versinkt er hinter ihrer dominanten Figur. Wenn ich mit dem verheiratet wäre ... Ich führe den Gedanken nicht fort. Der Kerl strotzt nur so vor Hässlichkeit. Er ist alt, faltig, unsympathisch. Ist es ihr Ehemann? Oder nur ihr musikalischer Begleiter?

Jetzt singt sie von Sex im Fahrstuhl. Aber ich verspüre nicht die kribbelnde Erotik, die sie angekündigt hat. Ich verfolge mit den Augen einen Fahrstuhl. Warum ist er nur gläsern? Ich stehe auf dem Boden eines Atriums in einem Einkaufszentrum, sehe den Fahrstuhl die Etagen hinauffahren. Nacktes Fleisch wird an die Innenseite der Aufzugwand gedrückt, platt gedrückt. Fasziniert blicke ich auf die roten Gummistiefel, die sich wieder dem Erdgeschoss nähern.

»Was habe ich bloß für eine schreckliche Fantasie?« Vor kurzer Zeit hat der junge Autor, der neben mir auf der Bank sitzt, einen Text vorgelesen. Er trug ein homo-erotisches Gedicht vor. Jens und sein Partner im Aufzug. Warum sind die Bilder, die ich damit assoziiere, so völlig anders? Sie haben die Spur Erotik, die mich anspricht. Ich blicke nach rechts. Diesmal lächelt mein Nachbar mich an.

»Zweimal Sex im Aufzug in einer Lesung, seltsame Zufälle«, flüstert er und ich erwidere sein Lächeln.

»Ja, ja, der Jens«, sagt er nur und richtet ebenso wie ich den Blick wieder auf den Boden. Wenn zwei das Gleiche tun, ist es noch lange nicht dasselbe, denke ich, und wenn zwei das Gleiche beschreiben auch nicht.

Dieser Vortrag in Rot ist wahnsinnig provokant. Ich kämpfe während der gesamten Vorstellung mit mir, aufzustehen, nach draußen in den Park zu gehen. Aber einen

Künstler mit so einer Geste zu strafen, entspricht nicht meinem Naturell.

Es wäre eine Lüge, wenn ich sagen würde, dass mir der künstlerische Beitrag gefallen hat, aber er regt an, sich mit dem Gesang, den Texten und der Bühnenpräsenz auseinanderzusetzen. Es ist alles nur ein Spiel, denke ich, auch dieser Auftritt. Jeder bestimmt selbst, ob er es mitspielt. Oder?

Die Welt ist nur ein Spiel

Denn diese Welt ist nur ein Spiel
und wir Figuren auf dem Feld;
erhoffen uns davon so viel,
egal wie auch der Würfel fällt.

Doch Du bist nur ein kleiner Zahn,
ein Punkt in einem Lichtermeer,
und glaubst auch noch an Deinen Wahn,
jagst Deinem Schicksal hinterher.

Dabei ging es noch nie um Dich,
um Freiheit, Gleichheit oder Recht;
die an der Macht, die seh'n nur sich,
und trotzdem sehen sie so schlecht.

Denn alle Macht ist doch nur Schein,
und jede Unze Gold nur Tand;
der Kosmos selbst mag Schachbrett sein,
und aufgestellt von fremder Hand.

Egal, wie dann der Würfel fällt,
wie ehrgeizig ein jedes Ziel;
wir sind Figuren auf dem Feld,
denn diese Welt ist nur ein Spiel.

9. EIN PROMINENTER FALSCHPARKER

Das leise Geräusch meines Blinkers zeigte an, dass ich rechts um die Hecke fahren und vor meiner Garage parken würde. Aber ich musste bremsen, blieb mit laufendem Motor stehen, nahm den Gang raus. Das Parkareal vor meiner Garage auf meinem Grundstück war besetzt. Wut stieg in mir hoch. Warum war jemand so unverschämt und setzte sein Auto direkt vor meine Garage? Ich schaute mich um und fand am Straßenrand einen öffentlichen leeren Einstellplatz. Dann schrieb ich einen Zettel.

„Ich möchte Sie höflichst darauf aufmerksam machen, dass Sie auf privatem Grund stehen und Sie nicht berechtigt sind, diesen Parkplatz zu nutzen. Mit freundlichen Grüßen CP."
Diesen Zettel klemmte ich unter den Scheibenwischer dieses Falschparkers.

Neugierig betrachtete ich die Nobelkarosse. War das einer von diesen Autofahrern, die glaubten, je größer und dicker ihr fahrbares Untergestell, umso selbstverständlicher gestattete man ihnen, überall zu parken? Auf der vorderen Ablage lag ein kleines Schild. Arzt im Dienst. Eine rote Schlange wand sich um den Äskulapstab und suggerierte mir, wie wichtig es für den Arzt war, seinen Wagen hier abstellen zu müssen. Das schlechte Gewissen erfasste mich. Ich wollte gerade den Hinweis unter dem Scheibenwischer wieder entfernen, als ein schnieker Herr um die Ecke bog und mich anblaffte.

»Was machen Sie da an meinem Wagen?«

Ich versuchte, die Situation aufzuklären. Entschuldigte mich, dass ich da gerade einen Hinweis unter den Scheibenwischer geklemmt hatte, und setzte noch hinzu, dass das Benutzen meines Parkplatzes kein Problem sei. Sollte ich einmal auf einen Notarzt angewiesen sein, wolle ich schließlich auch nicht, dass die Hilfe zu spät käme, nur weil der Arzt gerade keinen Parkplatz gefunden hatte. Der Arzt rauschte davon und ich parkte vor meiner Garage.

Als ich am nächsten Tag von der Arbeit kam, stand wieder der Arzt im Dienst vor meiner Garagentür. Ich musste relativ weit entfernt von meinem Haus parken und schleppte meine Einkäufe um den Block. Als ich drei Stunden später noch einmal das Haus verließ, stand er immer noch da. Arzt im Dienst hin oder her: Ich wurde sauer, ging ins Haus, holte den Zettel vom Vortag und klemmte ihn unter seinen Scheibenwischer.

Ich fragte mich durch die Nachbarschaft und bekam heraus, wer dieser Falschparker war. Am Ende meiner Straße, circa hundert Meter von meinem Haus entfernt, hatte eine neue Arztpraxis aufgemacht. Und der schnieke Herr war der neue Arzt in meinem Wohnumfeld. Ich entschied mich, dorthin zu gehen und ein klärendes Gespräch zu führen. Das Schild Arzt im Dienst schien mir unangemessen genutzt zu sein. Die Sprechstundenhilfe versuchte mich abzuwimmeln und riet mir, mir einen Termin geben zu lassen. Sie hielt meinem Drängeln stand und bot mir einen Termin in fünf Monaten an. Ich ließ mich auf keine weiteren Diskussionen ein, verließ die Praxis und parkte meinen Wagen quer zum Arztwagen, sodass er ohne mich den Parkplatz nicht mehr würde verlassen können. Dann heftete ich kommentarlos meine Telefonnummer unter den Scheibenwischer. Er würde sich schon melden, da war ich mir sicher und bestimmt nicht erst in fünf Monaten.

Meine Türklingel schellte und ich wurde noch vor einem Gruß angeschrien.

»Was fällt Ihnen eigentlich ein? Wie können Sie mich zuparken? Sie wissen wohl nicht, wer ich bin?«

Ich holte tief Luft und konterte. »Mir ist es völlig egal, wer Sie sind und wenn Sie den Prominentheitsgrad des Kaisers von China hätten, selbst das wäre mir egal. Wenn Sie noch einmal vor meiner Garage parken, dann lasse ich Sie abschleppen.«

»Ich bin Dr. Adalbert Eberhardt von Frischbach, meine schönheitschirurgischen Fähigkeiten sind weltweit bekannt. Die Größen von Film und Fernsehen werden hierher reisen, um sich von mir, dem prominentesten unter den Schönheitschirurgen, behandeln zu lassen.«

»Ja, ist ja alles schön und gut. Haben Sie denn keine eigenen Parkplätze?«, fragte ich.

»Sicher habe ich das, aber die Anzahl reicht nicht aus, dort parken schließlich meine prominenten Patienten.«

Ich beendete das Gespräch mit diesem Mann der Pseudoprominenzen und teilte ihm mit, dass ich leider keinen Prominentenparkplatz zur Verfügung stellen könnte.

»Ich will hier weder Spielerfrauen von Bundesligafußballspielern sehen noch Stars und Sternchen aus dem Musikgeschäft. Und sollte sich ein Prominenter der untersten Stufe aus seinem Dschungelcamp hierher verirren, werde ich auch diesen abschleppen lassen. Einschließlich der Autos, die einen Presseausweis auf dem Armaturenbrett liegen haben.«

Mein prominentes Gegenüber schnaufte verächtlich. Ich bat ihn, wenn er seine prominenten Patienten einmal leid sei, auf ein Glas Wein vorbeizuschauen.

»Als mein Gast dürfen Sie dann vor meiner Garage parken und mir ganz in Ruhe erklären, was Sie unter prominent verstehen. Ansonsten ist hier grundsätzlich Parken verboten.«

Ich überlegte, ein Schild mit dem Hinweis vor meiner Garage anzubringen „Parken für Prominente verboten", aber damit hätte ich ihm seine Prominenz bestätigt.

PROMINENT

Auf der Erde gibt es Leute,
die sind nicht wie du und ich,
denn der Ruhm ist ihre Beute,
die sie wollen nur für sich;
und so richten sie ihr Leben
darauf aus, dass man sie kennt,
ist ihr allerhöchstes Streben
das, dass man sie Promi nennt.

Jeder Weg, dies zu erlangen,
jedes Mittel ist nur recht;
sind in ihrem Zwang gefangen,
ihrem Antrieb treuer Knecht.
Doch trotz allem Blitzgewitter,
das sie fordern bis es brennt,
schmeckt ihr Innerstes nur bitter –
auch, wenn man sie Promi nennt.

Denn schon bald sind sie verdorben,
durchgereicht von A nach Z,
für das Titelblatt gestorben:
diese Schmach ist gar nicht nett.
Und im Dschungel der Berichte
liegt ihr Camp nicht mehr im Trend,
sind sie bald nur noch Geschichte –
jene, die man Promi nennt.

10. DAS KLEINE SCHWARZE UND DIE STÖCKELSCHUHE

DER EVA-FAKTOR

Gott schuf den Mann nach seinem Bild,
aus Rippchen dann die Frau;
der Bauplan ist bekannt und gilt
auch heute noch genau.

Doch ist sie weder die Kopie,
noch der Vergleich, der hinkt;
hat ihre eigene Metrie –
und weiblichen Instinkt.

Gleichwohl, im schönen Paradies
man ihr die Unschuld nahm,
als sie der Schlange, ach wie fies,
nicht auf die Schliche kam.

Die Story endete fatal,
bedeutet aber nicht,
dass man(n) die Frau für jedes Mal,
das schief geht, schuldig spricht.

Es war nur ein Mysterium,
dem sie erlegen war;
die Menschheit ist noch heut so dumm
und Paar entsteht auf Paar.

Der Trick mit Reizen funktioniert
und keiner ist gefeit –
der Faktor Eva imponiert
dem Adam jederzeit.

Das flauschige Bündel auf dem Arm, die Nase im Fell versteckt, breitete sich ein ungeheures Glücksgefühl aus. Ab
jetzt bestimmte dieses kleine Wesen unser Leben. Sollten
wir nicht gleich mit der Erziehung des vier Monate alten
Beaglewelpen beginnen, würde das Chaos unsere Familie
beherrschen. Wir hielten Ausschau nach einer geeigneten
Hundeschule, sammelten Informationen, stellten Vergleiche
an. Die Wahl war schnell getroffen und die Anmeldung zur
1. Klasse erfolgte. Wir freuten uns auf den Einsteigerkurs
für Hunde und Halter. Der Hund sollte soziale Kontakte zu
anderen Vierbeinern aufnehmen, spielen, toben, Hinder-
nisse bewältigen und Hemmnisse überwinden. Auch Voka-
beln standen auf dem Lehrplan: Sitz! Platz! Bleib! Geh!
Und das ganz große NEIN war ebenfalls dabei.
    Wir fuhren am ersten Schultag, einem Sonntag, den
Waldweg entlang, der an der Pforte der Hundeschule unserer Wahl endete. Der Himmel war wolkenverhangen und
leichter Nieselregen hüllte Mensch, Tier und Landschaft
ein. Unser Auto stellten wir unter dicht belaubten Eichen

ab und passierten mit unserem Beagle die Pforte zum grünen Klassenzimmer. Auf einer großen, perfekt eingezäunten Wiese, ohne die Chance auszubüchsen, versammelten sich die Erstklässler mit mindestens einem Frauchen oder Herrchen. Die Bernersennenhundwelpen und die Labrador-Neulinge hatten bereits eine Körpergröße, die unser Hund, selbst in ausgewachsenem Zustand, nie erreichen würde.

Das Gras stand knöchelhoch und die Halme waren benetzt von Morgentau und Sprühregen. Die Regenfälle der letzten Tage hatten die Wiese gut durchfeuchtet und der eine oder andere dunkelbraune Maulwurfshügel zierte die grüne Fläche. Das Tor hinter uns wurde geschlossen. Alle Hundebesitzer lösten die Karabiner von den Halsbändern und unter lautstarkem Gebell tobte die Welpenmeute wild durcheinander. Die Hunde verfolgten und jagten sich wechselseitig. Besondere Ziele des Vergnügens waren die sandigen Hügel. Die Welpen buddelten um die Wette. Alle Hundehalter beobachteten ihre Vierbeiner und gönnten ihnen diese Freiheit, bis es wenig später zur Sache gehen sollte. Jeder Vierbeiner hatte nach der Schule ein Bad nötig. Herrchen und Frauchen wussten, was sie erwarten würde, denn sie hatten Gummistiefel oder Trekkingschuhe an den Füßen, trugen alte Jeans oder Outdoorhosen. Die Welpen sprangen an den vielen Menschenbeinen hoch und sorgten für eindeutige Abdrücke, die sich ein bekannter Hersteller von Outdoorbekleidung zum Markenzeichen gewählt hatte.

Die Hunde wurden wieder angeleint, weil die ersten Übungen beginnen sollten. Das Bellen ebbte ab. Es erreichte noch einmal einen Höhepunkt, weil ein Nachzügler begrüßt werden musste. Klappernde Absätze auf den Steinplatten des Gehwegs näherten sich der Wiese. Freundlich winkte die Hundebesitzerin zur Gruppe herüber. Die Hundetrainerin gab der Dame Zeichen, sich zu beeilen und nahm das winzige Fellbündel über den Zaun entgegen. Auf dem schwarzen, hauteng anliegenden Kleid mit langen Ärmeln hatte der Hund unzählige Haare hinterlassen. Das kleine weiße Wesen bekam Bodenkontakt. Wie ein Kugelblitz entfernte es sich. Die Dame in Schwarz öffnete das Tor und trat auf die Hundewiese. Sie schwankte leicht, hielt sich am Zaun fest. Offensichtlich hatte sie nicht damit gerechnet, dass der Untergrund auf der anderen Seite des Zaunes ein anderer sein könnte. Sie wurde zusehends kleiner. Mit ihrem Körpergewicht bohrte sie die Absätze ihrer schwarzen Stöckelschuhe in die nasse weiche Grasnabe. Sie rief nach ihrem Kleinen, der seinen Namen schon gut kannte, denn als sie „Schampus" kreischte, kam ihr Hund mit Freude angeprescht und sprang an ihrem schwarzen Minikleid hoch. Doch er erreichte den Saum mit seinen kleinen dreckigen Pfoten nicht und die schwarze Strumpfhose bekam deftige Laufmaschen. Ihren Hund erkannte die Dame in Schwarz nur mit allergrößter Mühe.

Die Maulwurfshügel hatten auch in seinem Fokus gestanden. Das edle Strasshalsband funkelte nicht mehr. Während ihre Stöckelschuhe mit den provozierenden Geräuschen, die langen schlanken Beine, die unter dem hautengen Minikleid hervorschauten und die grazile Haltung in den Augen der Männerwelt Begierde vermuten ließen, so waren die männlichen Hundehalter jetzt auf die unsichere Position, die Laufmaschen und das konzentrierte Klammern der Dame an den Holzlatten fixiert.

Die Stöckelschuhe hatten keine Macht mehr, aber ein hilfloser Augenaufschlag ließ dennoch die Herzen der männlichen Hundehalter höher schlagen. In den Gesichtern der Frauen spiegelte sich Schadenfreude und eine Spur von Verachtung lag in der feuchten, leicht diesigen Morgenluft.

STÖCKELSCHUH

Die Absätze klappern,
sie sprechen, sie plappern,
damit wir sie sehen,
die Köpfe verdrehen,
und wir uns dann trauen,
nach denen zu schauen,
die in unsren Ohren
nach Blickkontakt bohren.

So legen die Damen
den Grundstock für Dramen
durch einfache Töne −
sie zeigen das Schöne
ganz in ihrem Sinne
wie früher die Minne,
dass wir uns bewegen,
zu Füßen uns legen.

Das sind halt die Waffen,
nach denen wir gaffen −
die Blicke, sie wandern,
von einer zur andern,
dass in dem Geräusche
sich bloß niemand täusche −
doch ganz ohne Schuhe
ist lang noch nicht Ruhe.

11. PIRANHAS IM SCHLOSSGRABEN

Mit einem Brötchen war der akute Hunger gestillt. Elke biss herzhaft in die erste Brötchenhälfte des zweiten Brötchens. Fingerdick mit guter Butter und Kochschinken belegt. Die zweite Hälfte war mit Butter und Marmelade bestrichen. Dazu eine starke Tasse Kaffee mit Milch. Einfach lecker! Sie schloss die Augen, kaute und genoss.

Morgen war der Tag X. Ab morgen fing ein neues Leben an. Diesen Entschluss hatte sie gemeinsam mit ihrer Nachbarin Gaby gefasst. Elke griff zu ihrem Handy und wählte Gabys Telefonnummer.

»Ich bin fertig.« Sie fühlte sich im Moment sehr püstig, wie ihre Oma zu sagen pflegte, wenn der Mageninhalt die Atmung beeinträchtigte. Aber dieser Zustand legte sich gleich wieder.

»Kommst du runter?«
Elke stand ausgehfertig auf dem Treppenabsatz und sie strebten gemeinsam dem Discounter zu. In der Sonderbeilage wurden günstige Nordic-Walking-Stöcke angeboten. Ein super Schnäppchen, das sie sich nicht entgehen lassen wollten. Sie stiegen in Elkes Fiat 500 und reihten sich in den morgendlichen Berufsverkehr ein. Punkt acht Uhr öffnete sich die große Glastür des Verkaufsmarktes. Die schicken Nordic-Walking-Stöcke waren paarweise in eine Folie eingeschweißt. Jede der Damen griff eine Packung. Sie legten sie in ihren gemeinsam gewählten Einkaufswagen. Gaby

sah auf das Preisschild, das über den Warenkörben hing.

»12,50 Euro ist echt ein guter Preis. Was meinst du, sollen wir nicht gleich ein Paar in Reserve mitnehmen?« Elke nickte zustimmend.

»Du hast recht. Ich nehme auch noch ein Pärchen mit.«

»Hast du eigentlich gescheite Laufschuhe?«, fragte Elke.

»Ich habe Turnschuhe, die habe ich mir vor Jahren gekauft. Die passen noch. Die ziehe ich vorerst an.«

Elke hielt ein Paar Nordic-Walking-Schuhe in der Hand. Die Schuhriemen waren aneinander geknotet. Sie versuchte, die Verschlingungen zu lösen.

»Was ist? Willst du anprobieren?«, fragte Gaby.

»Ist zwar meine Größe, aber Schuhe probiere ich grundsätzlich an«, sagte Elke. »Gib mir mal bitte die Hand und halt mich fest.«

Elke hatte ihren schwarzen Lederschuh vom rechten Fuß gestreift und schlüpfte in den Walking-Schuh. Sie bewegte ihren Fuß leicht hin und her.

»Ich glaube, der passt.« Jetzt die Schuhe schließen und Probelaufen. Aber die Schinken-Marmeladenbrötchen waren nicht gesackt. Sie raubten ihr den Atem, als sie sich bückte. Mit hochrotem Kopf und schwer schnaufend blickte sie Gaby an.

»Ich nehme die mal mit. Kann sie ja wieder umtauschen.«

Als beide am Warenlaufband der Kasse standen und auspackten, stellten sie fest, dass sie so viel eigentlich gar nicht beabsichtigt hatten einzukaufen. Aber wenn man schon mal da ist und die Preise überzeugen, muss man zugreifen, war ihr Einkaufsmotto.

»Kommst du gleich runter auf einen Kaffee?«, lud Elke Gaby ein.

»Bring deine Stöcke mit, dann versuchen wir, gemeinsam das mit den Griffen zu klären. Wir werden die Dinger schon an die Hand bekommen.«

Gaby packte ihre Einkaufstasche aus. Im Gegensatz zu Elke hatte Gaby gesund gefrühstückt, frisches Obst, Müsli und Joghurt, so wie sie es beim ersten Treffen ihres Abnahmekurses gelernt hatte. Aber sie verspürte Hunger. Einkaufen ist anstrengend und fordert eine Kalorienzufuhr.

Als sie zum Hausschlüssel griff, die Nordic-Walking-Stöcke unter den Arm klemmte und zu Elke ging, blickte sie erstaunt auf die leere Packung Haselnusswaffeln, die auf dem Küchentisch lag. Eigentlich hatte sie dieses Gebäck gekauft, weil es immer gut ist, etwas Süßes im Haus zu haben. Jeder kann in die Verlegenheit kommen, auf die Schnelle einmal einem Besucher etwas anbieten zu müssen. Es sieht immer netter aus, wenn man auf den Untertellerrand neben die Kaffeetasse ein Plätzchen legen kann. Jetzt würde sie beim nächsten Einkauf etwas Neues besorgen müssen.

Ob Elke heute auch schon gesündigt hatte? Wenn sie später ihre Runden im Nordpark liefen, würde sie darauf drängen, eine Viertelstunde mehr zu walken. Dann wären diese Kalorien sicher wieder abgelaufen.

Als Elke mit der Thermoskanne gefüllt mit Kaffee ins Wohnzimmer kam und einschenkte, bat Gaby ihre Freundin, die beiden Cantuccini wieder zu entfernen, die auf ihrem Untertellerrand lagen.

»Ich mag diese italienischen Mandelplätzchen für mein Leben gern, aber am besten ich fange gleich an, auf Süßes zu verzichten. Morgen ist doch der Tag X. Hast du das vergessen?«

Elke entschuldigte sich.

»Ich wollte dich nicht verführen, echt nicht, aber weißt du, wie schnell man unterzuckert ist, wenn man Sport betreibt? Wir wollen doch später los. Oder?«

Jetzt rissen beide die Folien von den Verpackungen ab. Zum Vorschein kamen zwei lange schwarze Stöcke, die am unteren Ende mit einem abgeschrägten Gummipuffer, mit Profil-Rillen, versehen waren. Darüber befand sich eine Rosette wie bei einem Skistock.

»Die sind aus Carbon, interessant. Was ist das für ein Material?«, fragte Gaby.

»Keine Ahnung, wird ein Kunststoff sein, heute ist alles aus Kunststoff.«

Gaby schnupperte an dem Stock, dann an der Verpackung. »Ich glaube, die sind nicht biologisch abbaubar«, sagte sie.

»Was du immer hast. Wie kommst du denn darauf?«, fragte Elke.

»Riechst du nicht, wie das hier stinkt?«, sagte Gaby, griff nach einem Mandelplätzchen, tauchte es in ihren Kaffee und genoss die kleine Süßigkeit.

Sie rieb die Krümel des Plätzchens, die an ihren Fingern hafteten, an ihrer Hose ab und hantierte mit den Handschlaufen.

»Es gibt keine biologisch abbaubaren Nordic-Walking-Stöcke. Und außerdem wollen wir sie ja nicht entsorgen, sondern benutzen«, sagte Elke leicht genervt.

»Die Handschlaufen sind auf jeden Fall gesundheitsgeprüft, feuchtigkeitstransportierend und atmungsaktiv. Das hört sich doch gut an. Oder?«, fuhr sie fort.

Die Passform der Gurte war hervorragend. So leicht hatten sie es sich beide nicht vorgestellt, mit den individuell einstellbaren Hand- und Daumenschlaufen umzugehen.

Nachdem beide darüber beraten hatten, welche Bedeutung Funktionsunterwäsche, Sport-BHs und gepolsterte Laufsocken haben, und Gaby das zweite Mandelplätzchen verspeist hatte, weil Elke es ihr unbemerkt auf den Untertellerrand zurückgelegt hatte, verabredeten sie sich, am Nachmittag zum Nordpark zu fahren, um dem täglichen sportlichen Muss Genüge zu tun.

Zweimal in der Woche bewegten sich Gaby und Elke gemeinsam durch die frühlingshafte Natur. Entweder drehten sie ihre Runden um den Teich im Nordpark oder sie liefen über die Marathonbahn im Wittringer Wald. Sie motivierten sich gegenseitig und spornten sich an. Ihre inneren Schweinehunde bekämpften sich.

Die geplante Ernährungsumstellung war nicht so problemlos, wie Gaby und Elke es sich vorgestellt hatten. Elke hatte keine große Lust zu kochen und zu experimentieren. Sie lebte ernährungstechnisch nach Plan, aber Spaß machte der Verzehr der Nahrung nicht. Ihr Essen war eher einseitiges Abnahme-Fast-Food, direkt aus dem Kühlschrank auf den Tisch. Sie versuchte, auf Süßigkeiten ganz zu verzichten, und aß wirklich viel mehr Obst und Gemüse als früher.

Gaby stand nur vor der Küchenwaage und bereitete sich peinlichst genau ihre Speisen zu. Sie fühlte sich gut dabei und sah die Pfunde nur so purzeln. Ihr größtes Hindernis war Klaus in ihrer ehelichen Lebensgemeinschaft. Klaus hielt nichts von Diäten, forderte jeden Mittag was Deftiges auf den Teller. Er weigerte sich, Gabys Diät-Gerichte zu essen, auch wenn sie diese mit einer Extrabeilage oder einem großen Stück Fleisch ergänzte. Es war zum Verzweifeln. Warum unterstützte Klaus sie nicht? Er wollte doch auch, dass sie abnahm. So direkt sagte er es nicht, aber die Bemerkung, die er gemacht hatte, als sie bei H&M vor dem Schaufenster standen, sprach Bände.

»Die Zeiten sind für dich ein für alle Mal vorbei«, hatte er gesagt, als sie auf die moderne damenhafte Kleidung in Kindergröße geschaut hatte, die eine normale erwachsene Frau nie im Leben würde tragen können. Es sei denn, sie ist Italienerin.

Klaus war aber nicht ihr einziges Problem. Gaby bekam regelrechte Fress-Attacken und kaufte sich heimlich im Supermarkt Schokolade. Sie legte diese so in ihren Einkaufskorb, vor den Augen der anderen Kunden abgeschirmt. Vor wem versteckte sie diese Köstlichkeit? Betrog sie sich gerade selbst?

Beide Frauen erwarteten den Tag, an dem wieder Farbe bekannt werden musste. Im Ernährungstreff stand eine digitale Waage und würde in konkreten Zahlen spiegeln, wie erfolgreich sie die Woche beendet hatten.

GEWICHTIGES ZWIEGESPRÄCH

Hallo Waage, altes Haus!
Na, wie seh ich heute aus?
Lass uns prüfen, mich gewichten,
oder soll ich erst berichten?

Also gut, will nicht so sein,
bin auch ehrlich, nicht gemein;
werd von allem dir erzählen,
mich ein wenig selber quälen.

Schließlich zeugt gleich deine Zahl
von der Lebensmittelwahl,
die ich unlängst hab getroffen;
will aufs Resultat nun hoffen.

Nach der letzten Schmach von dir
trank ich wirklich wenig Bier,
dass die bösen Kalorien
nicht in meine Wampe ziehen.

Auch zu Soßen und zum Fett
war ich überhaupt nicht nett;
hab sie konsequent verachtet,
meistens nur von fern betrachtet.

Dafür gabs Gemüse satt,
weil man viel mehr davon hat;
und selbst Obst hab ich verschlungen,
mit dem Vitamin gerungen.

Nur bei einem war ich schwach,
schüttel nicht den Kopf und lach,
denn ein Riegel Schokolade
ist zum Wegwerfen zu schade.

Deshalb aß ich ihn dann auf
und, oh Wunder, tags darauf
fand ich immer neue Reste –
doch ich wollte nur das Beste!

So, du Waage, jetzt komm her,
mach mich bitte nicht zu schwer;
zeige mir für meine Qualen
kleine, nette Kilozahlen.

Doch bedenke, für den Fall,
dass du sagst, ich sei zu prall,
wirst du so wie alle andern
auf den Waagenfriedhof wandern!

Für Gaby fiel am Wiegetag das Frühstück aus. Sie wartete, bis Klaus gefrühstückt hatte und er auf dem Weg zur Arbeit war. Erst dann stand sie auf. Sie plagte das schlechte Gewissen und konnte nicht verstehen, warum die Vollmilchschokolade, in lilaweißem Alpenpanorama verpackt, es am Vortag nicht bis in ihre Wohnung geschafft hatte. Das Probewiegen vor dem Duschen im eigenen Bad war nicht zufriedenstellend. Ihre Waage war nicht geeicht und damit nicht hundertprozentig zuverlässig. Im Vergleich zum Gewicht von vor 7 Tagen hatte sie 300 Gramm abgenommen. Gaby legte ihre Uhr ab und nahm die Ohrstecker heraus. Es blieb bei 300 Gramm.

Sie war gespannt, welchen Abnahmeerfolg Elke aufzuweisen hatte. Sie nutzte die Möglichkeit, mit der Auswahl der Kleidung Einfluss auf den später zu testierenden Gewichtsverlust zu nehmen.

Die gertenschlanke junge Dame, die gerade in ein halbes Brötchen biss, das mit Käse belegt und einer Gurken- und Tomatenscheibe dekoriert war, forderte sie auf, sich auf die Waage zu stellen.

»Sie müssen entschuldigen«, sagte sie, »dass ich Ihnen gerade etwas vorkaue, aber ich hab verschlafen und hatte keine Zeit zu frühstücken.«

Gaby wurde ganz flau im Magen. Sie hatte nicht verschlafen, aber auch nicht gefrühstückt. Sie dachte an Richard III, der bereit war, sein Königreich für ein Pferd einzutauschen. Gaby war gerade so weit, dass sie ein Königreich, wenn sie denn eines besitzen würde, sofort gegen ein halbes Käsebrötchen eingetauscht hätte. Sie hielt ihre Wiegekarte in der Hand: -0,5 kg.

»Nicht viel, aber ein motivierender Anfang«, sagte die Käsebrötchen kauende Schlanke. Elke kam von der Toilette und stellte sich mit leerer Blase auf die Waage. Es durfte schließlich nichts mitgewogen werden, was nicht unbedingt nötig war.

»Super!«, rief die Gewichtscoachin, »-1,8 kg, das nenn ich vorbildhaft. Sie bekommen ein Sternchen von mir als kleine Belohnung.”

Im persönlichen Gespräch stellte sich später heraus, dass Gaby in der vergangenen Woche einfach zu wenig getrunken hatte.

»Sie müssen sich zum Trinken zwingen, mindestens 3 Liter pro Tag, möglichst Wasser oder ungesüßten Tee. Dann haben Sie in der nächsten Woche auch eine gute Abnahme«, sagte die Müsliriegelkauende Schlanke, die immer noch zu frühstücken schien.

Elke und Gaby gingen durch die Fußgängerzone und Elke belohnte sich mit einem neuen Halstuch in frühlingshaft zarten Farben.

»Neue Klamotten kaufe ich mir erst, wenn ich mindestens eine Kleidergröße geschafft habe«, sagte sie.

Gaby verabschiedete sich.

»Ich hab noch einiges zu erledigen. Wir sehen uns später beim Walken, wie verabredet«, sagte sie und ging in die entgegengesetzte Richtung davon. Gaby hatte nichts zu erledigen. Sie war nur unheimlich frustriert, extrem hungrig und schlecht gelaunt. Sie ging zum Bäcker, kaufte sich einen Amerikaner und eine Puddingschnecke und zwei Brötchen. Sie würde gleich zuhause erst einmal anständig frühstücken. 500 Gramm, was für eine erbärmliche Motivation. Ich fange in der nächsten Woche noch einmal neu an. Mittwoch in der kommenden Woche ist mein Tag X. Ich nenne ihn einfach Tag Y.

Der vor Wochen gewählte Tag X, als Zeichen für den Start in ein neues schlankes Leben, hatte für Gaby an Bedeutung verloren. Die gemeinsame Schnittmenge mit Elke gab es nicht mehr.

Die Strecke zwischen X und Y, die Elke Gaby voraus war, konnte auch in Gramm und Aufklebern und neuer Kleidung ausgedrückt werden. Elke hatte 2,8 kg abgenommen, zwei Sternchen und einige lustige Smilies in ihrem

Wiegeheft kleben und sich eine neue Jeans gekauft. Sie sprach ständig davon, dass sie einen superschicken Minirock gesehen habe und sie sich den zur Belohnung in einer Woche kaufen würde. Gaby dagegen hatte 3 kg zugenommen, ihre Jeans mit dem Stretchbündchen kniff und sie konnte das schlanke Gerede von Elke bei ihren Nordic-Walking-Runden nicht mehr hören. Sie schien es geschafft zu haben. Ihre Motivationsschleife funktionierte. Bis zum Tag Y hatte Gaby sich noch einmal mit einem Big Mac-Menue bei McDonald mit allem Drum und Dran belohnt, einen Eisbecher spezial in der Eisdiele Dolomiti verspeist und sich für abends vor dem Fernseher eine Portion Tiramisu einpacken lassen. Klaus hatte Nachtschicht, und wenn sie gleich die Mülltüte noch in den Container brachte, würde er ihre Sünden nicht bemerken.

ÄLTER, MÜDER, SCHLAPPER

Bewegung hält den Körper jung,
sie macht ihn frisch, er bleibt in Schwung;
und deshalb treibt so mancher Sport
an diesem oder jenem Ort.

Im Stadion scheint das recht leicht,
doch ob das jedem auch so reicht?
Denn neben Laufen, Wurf und Sprung
gibts noch viel mehr Betätigung.

Man schwimmt und schießt, man kämpft und ringt,
damit man andere bezwingt.
Als Bester gilt dann der Athlet,
der mittig auf dem Treppchen steht.

Auch ich bin sportlich fasziniert
und bis ins Letzte engagiert,
doch die Arena, die mir liegt,
ist die, in der mein Wille siegt.

Den Finger stets am ‚Sportgerät‘
schau ich, worum sich alles dreht;
als Spieler, Trainer und noch mehr,
und manchmal ist die Auswahl schwer.

Bin regel- und auch hymnenfest,
selbst wenn mich mal die Kraft verlässt;
mein Motto lautet kurz und knapp:
Der Sportkanal hält mich auf Trab!

Gaby schaltete ihren Lieblingssender, den Sportkanal, ein.
Sie fieberte mit den schlanken durchtrainierten Leichtathle-
ten mit und ahmte im Geiste die schwungvollen Bewegungen
des Hammerwerfers nach. Ein Druck auf die Fernbedie-
nung schaltete in einen anderen Kanal und ein Fußballspiel
flimmerte über die Mattscheibe. Sport konnte so schön sein.
Morgen würde sie auch wieder beginnen. Als nach Abpfiff
eine Kochshow folgte, schaltete sie den Apparat sofort aus
und begann mit der Einstimmung auf Verzicht. Allerdings

ging sie wie in Trance auf dem Weg ins Schlafzimmer am Küchenschrank vorbei, steckte sich eine weiße Kugel Champagnertrüffel in den Mund und ließ diese mit geschlossenen Augen genussvoll auf der Zunge schmelzen.

»Nichts schmeckt so gut, wie sich dünn sein anfühlt«, erinnerte sich Gaby an das Motto, nach dem Kate Moss lebt. Dieser Slogan, der die magersüchtige Welt der jungen Mädchen beherrscht und mit dem sie sich zu grenzenlosem Hungern motivieren, hatte in ihrem Kopf keinen Platz. Diese jungen Hungerhaken können Champagnertrüffel sicher noch nicht einmal schreiben, geschweige denn genießen, dachte sie.

Der Tag Y testierte Gaby 4,1 kg Gewichtszunahme und einen blöden Spruch von Elke. »Ich würde beim nächsten Wiegen keinen Gürtel tragen, das macht sich besser auf der Waage.«

Elke, ihre einst beste Freundin, kassierte gerade wieder einen lachenden Smilie. Die Mietergemeinschaft auf freundschaftlicher Basis schien zu leiden. Gaby dachte gerade: Blöde Kuh, behalte deine guten Ratschläge für dich. Elke hatte in der ersten Reihe Platz genommen und hing bereits interessiert an den Augen der Gewichtscoachin. Gaby ließ diese Motivations- und Informationsstunden über sich ergehen und strich danach auch den Tag Y aus ihrem Kalender.

Die Nordic-Walking-Stöcke standen bei Gaby im Regenschirmständer und waren seit Wochen nicht mehr zum Einsatz gekommen. Das zweite Paar, noch original verpackt, hatte sie bei eBay eingestellt und für 1,00 € plus 4,50 € Versandkosten verkaufen können. Sie ging jetzt zur Wassergymnastik. Dort hatte sie ihre Ruhe vor Elke, die wegen einer Chlorallergie leider daran nicht teilnehmen konnte. Für den gemeinsamen Wiegetag erfand Gaby immer neue Ausreden. »Jeder Tag ist ein kleines Leben«, ein Spruch von Schopenhauer, stand heute in ihrem Kalender. Und in ihrem heutigen „Kleinen Leben" sollte der Start für eine erfolgreiche Abnahme liegen. Heute ist endgültig Schluss mit der Nascherei. Heute fange ich an abzunehmen. Heute ist der Tag Z. Gaby war beim letzten Buchstaben des Alphabets angekommen.

Sie griff zu ihrem Badetuch und rubbelte damit über ihre Haut. Die Wassergymnastik hatte gut getan. Als sie den Föhn einschaltete und ihre kurzen Haare trocken wirbelte, hatte sie eine Idee. Durch die großen Glasscheiben des Hallenbades blickte sie in den kleinen Rathauspark. Die Sonnenstrahlen fielen durch das Blätterdach der Bäume und sie bekam Lust auf einen Spaziergang. Sie entschied sich, nicht durch die Fußgängerzone zu bummeln und an den vollgestopften Warenauslagen der Bäckereien vorbeizugehen. Sie wollte nicht die eisschleckenden Menschen beobachten, und auch die McDonald's-Filiale wollte sie nicht sehen. Sie kehrte der Innenstadt den Rücken, ging am Jovyplatz, am alten Finanzamt vorbei, passierte die Polizeistation und strebte dem Wittringer Wald zu. Sie erhöhte das Tempo, spazierte nicht daher, sondern mit strammen Schritten wanderte sie über die Marathonbahn. Sie fühlte sich richtig gut und war froh, dass sie nicht Elke an ihrer Seite hatte, die immer das Tempo bei ihren Nordic-Walking-Runden bestimmt hatte. Sie machte eine kleine Pause und ließ sich auf eine Parkbank fallen. Einige Hundert Meter weiter stand eine zweite Bank mit einem Pärchen, eng aneinander gekuschelt und tauschte Zärtlichkeiten aus. Gaby ließ den Kopf in den Nacken fallen, genoss die warmen Strahlen der Sonne mit geschlossenen Augen. Sie hörte das Zwitschern der Vögel, das Rauschen der Autobahn, das Lachen von Kindern und Stimmen. Stimmen, die dazu führten, dass sie ihre Augen aufriss, auf den Brillenteich starrte, ihn aber in seiner Schönheit gar nicht wahrnahm. Sie drehte ihren Kopf nach links, schaute zu der zweiten Bank hinüber. Dort saß Elke, ihre Nachbarin, ihre ehemalige Abnahmekollegin, ihre nachbarschaftliche Freundin und ... Klaus, ihr Mann.

Sofort nahm Gaby eine aufrechte Sitzposition ein, hielt den Atem an und drehte ihren Kopf weg. Sie glaubte nicht, was sie gerade sah. Das musste eine Fata Morgana sein. Das konnte doch nicht sein. Klaus war zur Arbeit gegangen. Sie konnte es nicht verhindern, dass ihre Augen feucht wurden. Wie durch einen Schleier blickte sie auf das Paar. Kein Zweifel, da saßen Elke und Klaus in der eindeutigen Pose zweier Verliebter. Gaby stand auf und entfernte sich fluchtartig aus dieser Region des Parks. Dieser miese Kerl! Dieses heuchlerische Luder, dachte sie. Wenn ein kleiner Funke Freundschaft gegenüber Elke vor wenigen Minuten noch existiert hatte, so war er jetzt erloschen. Klaus wurde in der Vorstellung einer betrogenen Frau, die sie jetzt war, hingerichtet. Sie sah sich ein Messer aus dem Messerblock in der Küche ziehen und zustechen. Sie näherte sich ihm von hinten und schubste ihn von der Brücke in den Burggraben und beobachtete, wie Tausende von Piranhas über Klaus herfielen. Das grüne schleimige Wasser im Graben von Schloss Wittringen färbte sich rot. Sie bohrte Klaus einen Nordic-Walking-Stock, von dem sie vorher die Rosette entfernt hatte, in die Brust und posierte in stolzer Haltung über

95

ihm wie der heilige St. Georg über dem Drachen. Als sie mit verheultem Gesicht vor dem Fußgängerüberweg am Jovyplatz stand, hatte sie Klaus zusätzlich erdrosselt, erschossen und vergiftet.

RACHE

Du warst so fies zu mir, gemein,
und ich, ich konnte gar nichts machen,
doch werd nur ich am Ende lachen,
wird meine Rache Sieger sein.

Sei dir gewiss, dass diese Wut,
die dich nun trifft, von dir verschuldet,
durch viel zu großes Leid erduldet,
von jetzt an immer in mir ruht.

Wenn um so härter dich mein Zorn
in meiner Vorstellung wird strafen,
hilft dir kein Gott noch Paragraphen,
und stetig starte ich von vorn!

12. DER SILBERNE METALLKOFFER

Ich wünschte mir einen silbernen Metallkoffer auf Rollen. So ein Urlaubsbegleiter, aus kühlem Material, mit gerundeten Ecken und stabilen Schlössern faszinierte mich. Leider war der Preis sehr hoch und ich kam vor jeder Reise zu dem Schluss, dass das einfache schwarze Modell aus dem Sonderangebot eines Discounters auch genügen würde, meine Habseligkeiten von A nach B zu transportieren. Allerdings beschäftigte mich beim Packen der weichen Koffer jedes Mal die Frage, ob die Reißverschlüsse dem Druck des Inhalts auch standhalten würden. Besonders auf der Rückreise musste oftmals gequetscht, gepresst und gestaucht werden. Mit so einem Metallkoffer sah ich mich auf der sicheren Seite.

Und dann passierte die Peinlichkeit, die ich immer befürchtet hatte. Ich stand am Kofferband A 37 des Düsseldorfer Flughafens und wartete auf meinen schwarzen Koffer, den ich mit einem pinkfarbenen Schleifenband am Griff gekennzeichnet hatte. So hoffte ich, ihn in der Masse der schwarzen „Normalos" sofort zu entdecken. Ich hatte beobachtet, dass das Bodenpersonal nicht immer zärtlich mit den Gepäckstücken umging und hoffte, mein Koffer würde unbeschädigt aus dem dunklen Schlund ausgespien. Mitleidig verfolgte ich einen Koffer mit den Augen, der mit silbernem Klebeband umwickelt war. Es schien, als würde er nur noch damit zusammengehalten. Bereits dreimal war er an mir vorbei transportiert worden, bis ich merkte, dass er mein pinkfarbenes Erkennungszeichen trug. Ein leichter Schock durchfuhr mich. Während ich wartete, dass der Koffer mich erneut passierte, durchlebte ich ein kleines Horrorszenario: Mein schwarzes Modell entglitt einem der Serviceleute, die unter der geöffneten Gepäckluke des Flugzeugs standen, schlug auf das Rollfeld auf, platzte und mein komplettes Urlaubsgepäck verteilte sich auf dem Flughafen. Eine Windbö erfasste meinen neuen seidigen Schal, den ich in Venedig erstanden hatte. Die Kulturtasche zeigte feuchte Flecken, denn die Plastikflasche des Haarwaschmittels hatte den Aufschlag nicht überlebt. Die klebrige Masse verteilte sich. Einer der Mitarbeiter hielt sich die Nase zu. Muss wohl auch die Flasche Chanel No. 5 zersplittert sein. Gut, dass ich die gebrauchte Unterwäsche in einen Wäschebeutel gefüllt hatte. So blieb mir wenigstens erspart, dass die Herren des Bodenpersonals meine Dessous vom Rollfeld aufsammeln mussten.

Mein lädierter Koffer kam auf mich zu, ich zog ihn vom Band und entfernte mich schnell von der wartenden Menge.

»Ist mir auch schon mal passiert«, sagte ein freundlicher Mitreisender. »Zahlt alles die Versicherung.« Aber ich hörte auch, wie eine junge Dame ihrem Partner zuflüsterte:

»Schau mal, der kaputte Koffer. Da lob ich mir unseren Metallkoffer. Stell dir vor, so etwas geschieht auf der Hinreise. Schrecklich!«

Ich schritt durch die Pforten der Pass- und Zollkontrolle. Niemand hielt mich auf. Niemand hatte Lust, meinen Koffer zu öffnen, der von einigen Metern Klebeband zusammengehalten wurde.

Ich steuerte direkt die Einkaufspassage am Flughafen an. Ein Kofferfachgeschäft. Die Frage, die ich mir immer wieder gestellt hatte, wenn ich als Besucher durch diese Shopping-meilen flanierte, war: Wer ist so bescheuert und kauft sich auf dem Flughafen einen Koffer? Ich fahre doch nur mit einem gepackten Koffer zum Flughafen. Die Antwort war klar. Leute wie ich. Menschen, die zwar einen teuren Urlaub buchten, aber an der Qualität des Koffers gespart hatten. Ich packte noch im Geschäft meine Habseligkeiten um und ver-ließ, wie eine Frau von Welt, mit einem nigelnagelneuen Metallkoffer auf Rollen das Flughafengelände. Mein altes kaputtes Modell konnte ich nicht einfach an einen Mülleimer stellen, obwohl ich es so schnell wie möglich loswerden wollte. Dann wäre bestimmt der Sicherheitsdienst zur Stelle gewesen und hätte mein herrenloses leeres Gepäckstück gesprengt. Die Verkäuferin war so nett und bot sich an, meinen Koffer zu entsorgen.

Mein Reisebudget war im Moment arg überzogen, aber wenn ich ähnlich einer Abschreibung die Anschaffungs-kosten auf spätere Reisevorhaben umlegte, würde sich der Preis irgendwann amortisiert haben.

Mittlerweile war der silberne Metallkoffer leicht verbeult und hatte jede Menge Kratzer. Aber er bot mir eine große Portion Sicherheit auf Reisen.

Ich konnte damals noch nicht erahnen, welch therapeu-tische Wirkung diese Anschaffung später einmal auf mich haben sollte. Der Koffer wurde zu einem Hilfsmittel in einer sehr persönlichen Angelegenheit.

Ich saß mit einer Freundin bei einem Glas Tee. Die frisch aufgebrühten Blätter der Minze verströmten ein fantasti-sches Aroma. Das Gesprächsthema kreiste um Menschen, die uns das Leben schwer machten. Jede klagte der anderen ihr Leid. Es gab einen Menschen in meinem Leben, der es immer wieder schaffte, mich negativ zu berühren. Uns verband über einen zurückliegenden beruflichen Kontakt nur, dass wir in einer Stadt wohnten und wir uns ab und zu über den Weg liefen. Ich wechselte den Gehweg, wenn ich Zeit hatte zu reagieren. Allerdings berichteten mir Bekannte stets von dieser Frau. Ich stellte fest, dass diese Informationen für mich die größten Nebensächlichkeiten der Welt spiegelten. Ich wollte sie nicht hören, konnte mich aber ihnen meistens nicht entziehen. Die Versuche, diese unangenehme Frau aus meinen Gedanken zu streichen, klappte nicht.

»Hak sie doch einfach ab«, riet man mir.

»Carmen? Wer ist Carmen?«, fragten die anderen, um zu verdeutlichen, dass sie sich spontan nicht an sie erinnern konnten. Mir gelang das nicht. Immer mal wieder dachte ich an die mittelgroßen bis großen Störfälle, die unsere Begegnungen einst hervorriefen. Unser Miteinander war stets von konträrem Verhalten geprägt gewesen.

ORIENTALISCHES

Bist du Karawane, so bin ich Basar –
du ziehst immer weiter und ich bleibe da.
Die Zahl der Kamele ist scheinbar egal –
nur weiter, nur weiter, und wieder ein Mal.

Bewegung auf Dauer, der Weg ist das Ziel,
doch ohne ein Ende wär mir das zu viel.
Ich brauche die Ruhe, die Kraft, die mich hält,
und warte auf jeden Besuch dieser Welt.

Ist nicht ganz so spannend wie ständig zu ziehn,
doch will ich nicht einfach dem Ganzen entfliehn.
Seh zwar nur den Ausschnitt, doch den intensiv,
und jage nicht immer dem nach, was mich rief.

Und beides hat Reize, und wiederum nicht,
und jede Entscheidung ihr eigenes Licht;
es bleibt uns die Freiheit der Wahl, das ist klar –
ob du Karawane, ob ich der Basar.

Während ich den betörenden Duft der frischen Minze ein-
atmete, gab mir meine Freundin einen außergewöhnlichen
Tipp. Sie erzählte mir von ihrem alten Metallkoffer, in den
sie die Quälgeister ihres Lebens steckte.

»Ich packe den Koffer mit den No-Goes meiner Welt,
schließe den Deckel, drehe den Kofferschlüssel im Schloss,
ziehe ihn ab. Fertig! Dann mache ich einen Ausflug zum
Rhein«, sagte sie und lächelte mich an.

»Ich gehe mit meinem metallenen Koffer auf die Mitte
der Brücke, stemme ihn hoch und werfe ihn über das Geländer. Ich stelle mir dann vor, dass mein Koffer mit den
Arschlöchern dieser Welt auf den Grund des Rheins fällt.
Vielleicht wird er mit der Strömung bis in den Atlantik ge-
trieben. Aber eines ist sicher. Der Koffer ist zu. Entweichen
kann nichts und niemand mehr daraus.«

Ich sah sie ganz entgeistert an. In Gedanken packte ich
gerade schon meinen Metallkoffer für seine letzte Reise.

»Du musst alles einpacken, was dich an die Typen erinnert«, sagte sie. »Alles!«

Eine Woche New York stand kurz bevor. Ich verstaute die letzten Kleidungsstücke in meinem alten, mittlerweile verbeulten Metallkoffer. Auf dieser Reise würden wir uns voneinander verabschieden.

Ich betrat den gigantischen Einkaufstempel Macys, fuhr in die oberste Etage. Der freundliche Fahrstuhlführer öffnete die Tür zur 9ten und vor mir baute sich ein ungeheuerliches Angebot an Koffern auf. Geplant hatte ich den Besuch in dieser Abteilung nicht. Ich wollte einfach nur oben anfangen und mich durch die Etagen nach unten durchkämpfen. Ich nahm es als einen Wink des Schicksals und erinnerte mich an mein Vorhaben. Die Auswahl war riesig. Ich kaufte mir ein nicht gerade preiswertes Folgemodell meines alten treuen Reisebegleiters. Dieser neue Metallkoffer würde mein Souvenir an New York sein.

Müde fiel ich nach dieser Shoppingtour auf mein King Size Bett. Ich war so erledigt, dass ich es noch nicht einmal schaffte, meine Kleidung abzulegen. Das regelmäßige Surren der Klimaanlage, das Hintergrund-Gequassel eines CNN Reporters, von dem ich nur die Hälfte verstand, die vielen Eindrücke des Tages und die beachtliche Strecke, die ich heute zu Fuß zurückgelegt hatte, lieferten die Basis für ungeplanten Tiefschlaf. Kindliche Erinnerungen an meine Schulzeit lebten auf, ein Spiel, das ich immer sehr geliebt hatte, bestimmte meinen Traum. „Kofferpacken", zum Gedächtnistraining.

»Ich packe meine Koffer und nehme eine Badehose mit. Ich packe meinen Koffer und nehme eine Badehose und Sonnencreme mit. Ich packe meinen Koffer und nehme eine Badehose, Sonnencreme und einen Hund mit. Ich packe meinen Koffer und nehme eine Badehose, Sonnencreme, einen Hund und eine Taucherflasche mit.«

Ich hielt immer sehr lange durch, konnte mir stets die längste Kette merken. Meine Lehrerin in der Grundschule sagte einmal zu mir, dass ich diejenige in der Klasse sei, die ein Gedächtnis habe wie ein Elefant. Damals war ich eher beleidigt, weil der Elefant nicht gerade zu meinen Lieblingstieren gehörte.

Und jetzt packte ich auch meinen Koffer, meinen alten silbernen Metallkoffer. Ich packte meinen Koffer und packte Carmens beleidigende Bemerkungen ein, die sie stets für mich bereithielt, als wir noch Kontakt hatten. Ihre Ignoranz und Überheblichkeit folgten. Anschließend verschwanden alle Bilder von ihr, die meine Augen je wahrgenommen hatten und vor allen Dingen der Klang ihrer Stimme. Ihr süffisantes Lächeln stopfte ich in eine kleine Innentasche und zog den Reißverschluss fest zu. In der linken Ecke meines Metallkoffers verschwand der Nabel der Welt, denn dafür hielt sie sich stets. In die vielen kleinen Zwischenräume stopfte ich die Worte, die, ausgesprochen und schriftlich fixiert, mich oft sehr beleidigt hatten.

Der Koffer wurde voller und voller. Hoffentlich reichte der Platz aus. Unruhig wälzte ich mich im Bett hin und her. Die Befürchtung, etwas vergessen zu haben, machte mich ganz kirre. Die Decke, gewoben aus Statements wie: Ich sage, wo es langgeht und wer nicht mitzieht, ist gleichzeitig gegen mich, legte ich als Oberstes auf. Dann knallte ich den Deckel zu. In dem Moment, in dem mich meine Tochter anfasste und rüttelte, klackten die Schlösser und ich drehte den Kofferschlüssel im Schloss. Sie hätte mich keine Sekunde früher wecken dürfen.

VERBANNUNG

Alles, das mich nervt und quält,
soll fortan vergessen sein;
alles, was zum Schlechten zählt,
sperre ich nun endlich ein.

Alle Sorgen, jede Plage,
Ärger längst vergangner Tage:
all das muss für immer fort,
weg an einen fernen Ort.

Und so werf ich, was bedrückt,
einfach von mir, diese Last;
geh nicht länger mehr gebückt,
fühl mich nicht mehr angepasst.

Größter Vorteil der Verbannung
ist die herrliche Entspannung,
die mein Leben leichter macht –
jeden Tag und jede Nacht.

Wir erlebten einen fantastischen letzten Abend in New York, standen weit nach Mitternacht noch am Times Square und sogen diesen gigantischen Eindruck ein letztes Mal in uns auf. Danach fiel ich ins Bett wie tot. Es dauerte nicht lange und ich war auf dem Weg zur Brooklyn Bridge, der ältesten Hängebrücke in den USA. Sie überspannt den East

River und verbindet Manhattan und Brooklyn. Die Wolken hingen sehr tief und hüllten die Skyline von Manhattan ein. Es war früh am Tag und nur wenige Fußgänger passierten die Brücke. Ich erreichte die Mitte. Stellte meinen Koffer ab und schaute lange in das Wasser. Ein Radfahrer kam auf mich zu, trat heftig in die Pedale. Er passierte mich und radelte Richtung Manhattan davon. Ich bückte mich, hob den Koffer an, schob ihn über das Geländer, verharrte einen Moment und ließ ihn in den East River fallen. Der Koffer schlug auf das Wasser auf, wippte einige Zeit auf der kabbeligen Wasseroberfläche und versank. Ich schaute vorsichtig um mich. Niemand schien mich beobachtet zu haben.

»Auf Nimmerwiedersehen!«, rief ich ihm hinterher. Als ich am nächsten Tag meinen Fensterplatz im Flugzeug bezogen hatte und einen letzten Blick auf New York aus der Vogelperspektive werfen durfte, entdeckte ich in der Ferne die Brooklyn Bridge und musste unwillkürlich lächeln. Die therapeutische Wirkung meiner Aktion war erfolgreich. Carmen hat sich nie wieder in meine Gedanken gedrängt. Wenn ich bemerke, dass sich eine Erinnerung anbahnt oder sich ein Bild von ihr aufbaut, legt sich in meinem Kopf ein Hebel um und ich sehe meinen alten silbernen Metallkoffer auf den East River aufklatschen. Dieses Bild zaubert mir jedes Mal ein Lächeln auf das Gesicht.

13. DAS KLASSENTREFFEN

Vor dem Klassentreffen

Zwanzig Jahre und noch mehr
ist es mittlerweile her,
dass die Penne dich entließ,
in ein neues Leben stieß.

Warst durch Zeit und Ort entfernt,
doch du hattest dort gelernt,
dass du immer strebst für dich,
selbst wenn Schule fürchterlich.

Jener Satz hat dich geprägt,
deine Handlungen bewegt,
oftmals eher unbewusst,
wie du eingestehen musst.

Doch es blieben nicht nur Lehren,
auch die Menschen, als da wären
deine Pauker, die Pennäler;
nebst Erfolgen mancher Fehler.

All dies kommt nun Stück für Stück
ins Bewusstsein dir zurück
mit der Nachricht, die besagt,
dass die alte Truppe tagt.

Festlich soll der Rahmen sein,
eine Führung obendrein
durch den Jugendanstaltsbau,
später Futtern und Schabau.

Jeder hat es in der Hand,
teilzunehmen, und gespannt
wartest du nun auf den Tag,
weil du zahltest den Betrag.

Und sinnierst: Wie wird es sein?
Und wer kommt zum Stelldichein?
Wirst du alle noch erkennen
und beim Namen können nennen?

Auf die Fragen wird die Zeit
Antwort geben, doch soweit
ist es ja noch lange nicht –
wird ein späteres Gedicht.

Dass in zwanzig Jahren viel passieren konnte, war vorstellbar. Dass aber auch die Möglichkeit bestand, dass sich gar nichts bewegt und verändert hatte, erfuhr Judith an einem Samstagnachmittag im Sommer.

Auf dem Parkplatz standen bereits einige Autos, schnieke Mittelklassewagen, aber auch Nobelkarossen. Ich bin auf jeden Fall nicht die Erste, dachte sie. Sie lief über den Kiesweg und verharrte vor der Eingangstür. Stimmengewirr. Frauenstimmen. Judith konzentrierte sich. Aber keine der

Stimmen kam ihr bekannt vor. Sie zögerte noch einen Moment. Dann drückte sie die Klinke herunter und betrat zaghaft die Diele des extra angemieteten Hauses, in dem sie auf ehemalige Klassenkameradinnen treffen sollte.

»Judith, das ist ja Judith.« Explosionsartig schälte sich Annettes helle, eher schrille Stimme aus dem Gewirr der plappernden Laute heraus.

»Kommt her! Lasst uns Judith begrüßen.«

Annette breitete die Arme aus, kam auf Judith zu. Eine perfekt gestylte Dame, an der nichts zufällig aussah vom Scheitel bis zur Sohle, näherte sich Judith.

»Annette?«, fragte Judith erstaunt. Sie stand ihr reserviert gegenüber und machte keine Anzeichen, sich in Annettes Arme fallen zu lassen. Dieser Begrüßungsauftakt, als wären sie stets die besten und liebsten Freundinnen gewesen, missfiel Judith. Sie blieb stehen und ließ das überschwängliche Ritual, Küsschen rechts, Küsschen links, über sich ergehen. Annette drückte Judith an sich. Dann umfasste sie ihre Schultern, drückte sie etwas von sich fern, betrachtete sie prüfend: »Gut schaust du aus, richtig gut. Beinahe hätte ich dich nicht wiedererkannt. Da sieht man mal, was in zwanzig Jahren aus einer kleinen grauen Maus werden kann«, und sie nickte anerkennend mit dem Kopf. Dann zog sie Judith wieder etwas näher an sich heran und flüsterte ihr ins Ohr: »Ich sag gleich an der Rezeption Bescheid, dass sie unsere Zimmer auf eine Rechnung setzen sollen, ich übernehme das heute selbstverständlich für dich, wie in alten Zeiten.«

Warum drehe ich jetzt nicht auf der Stelle um und gehe, fragte sich Judith. Es kann doch nicht sein, dass Annette sich keinen Deut geändert hat. Was habe ich eigentlich erwartet?

Wenn ich das meiner Freundin Ele erzähle, sie wird mir nicht glauben.

Annette verschwand in einem angrenzenden Zimmer. Sie ließ Judith im Eingang stehen, als sei sie bereits mit ihr fertig. Für Judith waren zwanzig Jahre gerade auf eine Minute zusammengeschrumpft. Judith bekam einen trockenen Mund und musste schlucken. Sie war spontan nicht fähig, auf diese Unverschämtheit überhaupt zu antworten. Judith trat näher. Einige Frauen kamen ihr sofort bekannt vor, andere erschienen ihr völlig fremd. Doch es dauerte nicht lange und sie wusste, wen sie vor sich hatte. Händeschütteln, zaghafte Umarmungen, Begrüßungsfloskeln wechselten sich ab. Judith kam sich vor, als würde sie herumgereicht. Immer wieder wurde sie gedrückt. So viel Körperkontakt wie heute hatte sie die letzten Jahre nicht gehabt. Alle Damen grapschten nach ihr, drückten sie an sich, tätschelten ihr den Arm, klopften ihr auf die Schulter. Sie liebte eine solche Nähe von Fremden gar nicht, und es waren Fremde, denen sie hier begegnete. Judith hatte das Gefühl, eigentlich gar nicht anwesend zu sein. Sie bewegte sich in einem Vakuum, nickte immer nur freundlich und ließ einfach alles mit sich geschehen. Annette hielt den Eingangsbereich im Auge. Ein neuer Gast stand im Türrahmen. Sie stürzte sich mit ähnlichen vertrauten Gesten und spleenigen Begrüßungsritualen auf Pia.

Im Salon, den man vom Eingangsbereich aus durch zwei große Flügeltüren erreichte, stand eine Sitzgruppe. Judith steuerte diese an, als die Damen endlich von ihr abließen und das Interesse den Neuankömmlingen galt. Sie war mental bereits erschöpft, ließ sich auf ein dickes rosenholzfarbenes, dezent geblümtes Sofa fallen und duckte sich hinter eine Pflanze. Sie konnte nicht sofort drauflosreden und Fragen stellen, Komplimente verteilen. Alle anderen schienen damit keine Probleme zu haben. Sie brauchte etwas Zeit, bis sie zu einer Kontaktaufnahme überhaupt fähig war. Sie beobachtete lieber. Annette stolzierte mehrmals an der großen geöffneten Flügeltür vorbei und warf einen skeptischen Blick auf Judith. Annette ließ es sich nicht nehmen, jede ehemalige Mitschülerin persönlich zu begrüßen. Ihr gebührte die erste Kontaktaufnahme und der erste Kommentar, um die Damen in die Gesellschaft der Ehemaligen aufzunehmen. Mit einem Gläschen Sekt in ihrer gepflegten Hand mit rosa lackierten Fingernägeln lauerte sie auf Ankömmlinge. Judith hatte auch ein Glas in Empfang genommen. Sie wollte keinen Sekt. Aufdringlich hatte Annette sie dazu genötigt.

»Stell dich nicht so an, das Kribbelwasser ist doch kein Alkohol, ein Gläschen hat noch nie geschadet. Sei kein Schaf!«

Judith hielt sich schließlich an dem Glas fest, trank aber nicht. Als es ihr lästig wurde, stellte sie das schlanke, immer noch unberührte Glas auf dem niedrigen Beistelltisch ab. Ulla trat auf sie zu.

»Darf ich?«, fragte sie und wies auf den leeren Platz neben Judith.

»Klar, setz dich«, sagte Judith und machte eine einladende Handbewegung.
Sie hielt auch eines dieser Sektgläser in der Hand, die Annette zur Begrüßung jeder aufdringlich überreicht hatte.

»Lass uns anstoßen auf die gute alte Zeit. Auf Annette, die immer noch in einer anderen Dimension zu leben scheint.« Sie hob das Glas. Judith schaute Ulla einige

Sekunden an. Sie zögerte. Schließlich griff sie ihr Glas und ganz leise berührten sich die beiden Sektkelche. Judith nippte nur, benetzte kaum ihre Lippen und stellte das Getränk wieder ab.

»Ich habe selten einen peinlicheren Menschen gesehen als Annette. Sie scheint nichts im Leben gelernt zu haben. Schon komisch, wenn man bedenkt, dass wir so viele Jahre zusammen die Schulbank gedrückt haben. Manchmal glaube ich, dass ihr „Alter", dem es ja auf ein paar Hunderter mehr oder weniger nie ankam, ihr durch Spenden und Zuwendungen an die richtigen Stellen das Abi gekauft hat. Meinst du, dass früher so was möglich war?« fragte Ulla.

Judith zog nur die Schultern etwas hoch und deutete damit an, dass sie keine Ahnung hatte, ob es solche Praktiken gab, und vor allem wollte sie damit ausdrücken, dass es ihr völlig egal war. Die hysterische Stimme von Annette überdeckte wieder das Geschnatter der Frauen, die in Grüppchen zusammenstanden.

»Anne, komm herein, nur nicht so zögerlich. Lass dich umarmen, – was natürlich ganz schön schwer sein wird, so wie du zugelegt hast«, und Annettes Blick taxierte die füllige Anne von oben bis unten. Anne mit einer gesunden frischen Ausstrahlung, ein herzliches Lächeln auf dem Gesicht, war angekommen. Sie war modern gekleidet und top geschminkt. Sie sah gut aus. »Schließlich können ja nicht alle eine Modellfigur haben«, fuhr Annette fort.

»Hast du das gerade gehört?«, fragte Ulla. »Die spinnt doch wohl. Ich hätte Lust, mich da einzumischen. Ich bin gespannt, wie sich der Abend entwickeln wird. Ich habe das Gefühl, Streit ist vorprogrammiert.«

Anne hatte während ihrer kompletten Schulzeit mit dem

Gewicht zu kämpfen, und wie es jetzt aussah, hatte sie sich damit abgefunden, jemals schlank zu sein.

»Ich bin rundherum zufrieden,« sagte sie zu Annette, »mein Mann liebt mich, jedes Pfund an mir, und wir haben vier wunderbare Kinder. Was hast du dagegenzusetzen, liebe Annette?«

Ein breites Grinsen zog über die Gesichter der anwesenden Damen und Annette wandte sich beleidigt ab.

»Sie ist dreimal geschieden. Kinder hat sie keine, weil diese zu viel Arbeit machen und beruflich hat sie nichts vorzuweisen. Sie war ein gut betuchtes verzogenes Einzelkind«, rief Ulla. »Heute ist sie eine stinkreiche frustrierte Geschiedene. Könnt ihr euch einen Mann vorstellen, der es bei Annette lange aushält? Ich nicht!«, rief Ulla.

Annette war empört und sie bezeichnete Ulla als proletenhaft. Alle lachten schallend, aber ernst nahm diesen Wortwechsel niemand.

»Sie ist einfach nur Annette, wie sie immer schon war, geprägt von Stillstand in ihrer Entwicklung«, rief Ulla vom Sofa aus. Sie konnte es einfach nicht lassen. Ihre Kommentare waren frech. »Eigentlich kann sie einem nur leidtun,« fügte Ulla etwas leiser hinzu.

Jenny meldete sich zu Wort: »Greift zu! Dort drüben steht für jede von euch ein Gläschen Champagner. Mit den besten Empfehlungen von unserer lieben Annette,« sagte sie und wies auf die Anrichte.

»Es ist kein Sekt. Es ist Champagner«, sagte Ulla, »mit Sekt gibt sich die vornehme Frau Annette Oberländer erst gar nicht ab. Ich kenne den Unterschied zwischen Sekt und Champagner gar nicht. Das muss ich noch einmal genauer prüfen.«

»Komm«, sagte Ulla, »da greifen wir gerne noch einmal zu.« Sie forderte Judith auf, ihr zu folgen.

»Danke, für mich nicht,« sagte Judith, die auf ihr volles Sektglas wies. Kurze Zeit später stand Ulla wieder vor ihr. Sie hielt zwei Gläser Champagner in der Hand.

»Trifft ja keine Arme, wäre doch schade um das edle Gesöff.« Sie verzog ihr Gesicht zu einem breiten Grinsen:

»Auf Frau Oberländer, diese blöde Kuh, auf dass sie sich nach der nächsten bissigen und beleidigenden Bemerkung an dem edlen Gesöff verschluckt und erstickt.« Den letzten Satz flüsterte sie. Er war nur für Judith bestimmt.

Nach dem Klassentreffen

Es ist jetzt ein paar Tage her,
so lang gewartet, schnell vorbei,
beschäftigt mich noch immer sehr,
die Wiedersehensfeierei.

Am Anfang war es seltsam schon,
das Date mit der Vergangenheit,
von Face zu Face, trotz altem Ton,
verwandelt durch den Lauf der Zeit.

Gedächtnis kramte Namen aus,
oft siegte die Erinnerung,
mal zog sich nur die Stirne kraus,
doch alle schienen wieder jung.

Die Schule war vertraut und neu,
so wie auch uns das Leben schrieb,
und blieb doch dem Gewohnten treu,
auch wenn das Schicksal uns vertrieb.

Beim Feste ging's dann ins Detail:
der Job, Familie, Eigenheit,
nur nicht mit jedem möglich, weil
das Forschungsfeld war viel zu weit.

Manch alter Clan sich wieder fand,
nebst individuellem Talk,
die Raucher immer noch am Rand,
Buffet, Klausuren – speak and walk.

Das Ende nahte viel zu früh,
mit neuem Plan hinaus zur Nacht;
Dank an die Macher für die Müh,
und was an alles sie gedacht.

Das nächste Mal wird wieder schön,
denn diesem Gestern sind wir treu;
das Band der Schulzeit bleibt besteh'n,
wir knüpfen es für immer neu.

14. DER TOUCHIERTE SPIEGEL

Ich musste ausweichen.

Der Wagen, der mich überholte, kam mir sehr nahe. Er scherte knapp vor mir ein, sodass ich mein Auto leicht nach rechts lenkte, um eine Kollision zu vermeiden.

Der Gedanke „Glück gehabt", wurde abrupt beendet, als ich ein leises Geräusch auf der rechten Seite des Autos wahrnahm.

»Mist«, rief ich und realisierte, dass ich den Spiegel eines parkenden Fahrzeugs mit meinem Außenspiegel berührt haben musste. Mein Ausweichmanöver hatte Folgen.

Der silberne Audi, hinter dem Steuer ein Mann, parkte halb auf dem Gehweg, halb auf der Straße. Ich hielt einige Meter vor ihm an, drückte auf den Knopf für die Warnblinkanlage.

Bevor ich meinen Anschnallgurt löste, atmete ich tief ein und aus, stellte mich auf die Konfrontation ein. Gleich würden Gemecker, Beleidigungen und Vorwürfe auf mich niederprasseln. So ist das schließlich immer, dachte ich, obwohl ich keine Erfahrungen mit solchen Begegnungen hatte.

Zuerst betrachtete ich flüchtig den Schaden an meinem Auto. Aber da war nichts. Ich tastete den Seitenspiegel ab. Außer Staub, vornehmlich gelblichem Blütenstaub, nahm ich nichts wahr. Ich suchte die komplette rechte Seite ab. Kein Kratzer, keine Unebenheit, nichts war zu entdecken.

Dann ging ich auf meinen Unfallgegner zu. Er saß hinter seinem Steuer, die aufgeschlagene Bildzeitung über dem Lenkrad ausgebreitet. Den linken Arm hatte er angewinkelt und der Ellenbogen ragte aus dem Fenster heraus. Gut, dass ich nur ganz leicht seinen Spiegel berührt hatte und ihm nicht den Ellenbogen abrasiert habe. Wenigstens kein Personenschaden, dachte ich. Der ältere Herr erwartete mich. Die Zeitung knüllte er locker zusammen, legte sie auf dem Beifahrersitz ab und stieg aus. Die Emotionen, die ich in seinem Gesicht ablesen konnte, beruhigten mich sofort. Er war ganz entspannt und freundlich. Seine Requisiten: große dunkle Brille, Prinz-Heinrich-Kappe, cremefarbene Jacke zu kackbrauner Hose. Man hätte ihn für einen Zwillingsbruder von Herbert Knebel halten können. Zumindest kauften sie ihre Kleidung in ein und demselben Kaufhaus, da war ich mir sicher.

»Na, Mädchen«, sagte er, wobei der das »ä« wie ein lang gezogenes »e« aussprach. »Da werden wir uns aber sicher schnell einig werden. Ist ja nur der Außenspiegel.« Der Spiegel war nicht mehr in der ursprünglichen Position, aber Macken und Kratzer sah ich an seinem Auto keine.

»Mädchen, Mädchen«, sagte er gedehnt. »Wie lange hast du denn schon den Führerschein? Bestimmt noch nicht so lange. Oder?«

Mein jugendliches Aussehen, das mir im Kino immer die Vorlage eines Ausweises abverlangte, schien meinen Unfallgegner zu animieren anzunehmen, dass ich Führerscheinanfängerin sei. Zudem wird er vermuten, ich bin mit Papas Wagen unterwegs, dachte ich.

Der alte Herr schlug vor, die Kontaktdaten auszutauschen, und teilte mir mit, dass er sich mindestens einen neuen

Spiegel in der Werkstatt einbauen lasse wolle, dann sei die Sache für ihn erledigt. Er fügte hinzu, dass die Schuldfrage ja schließlich eindeutig sei. Ich war nicht seiner Meinung. Er hielt im absoluten Halteverbot. Von „eindeutig" konnte keine Rede sein. Ich schlug vor, die Polizei hinzuzuziehen.

»Mädchen«, sagte er, »das können wir uns doch wohl sparen.«

Warum duzte er mich so selbstverständlich?

»Und wie lange haste jetzt den Führerschein?«, fragte er, »mal ehrlich.«

Ich legte den Zeigefinger auf meine geschlossenen Lippen, zog die Stirn in Falten, simulierte angestrengtes Nachdenken. »Zwölf Jahre«, antwortete ich, »dies hier ist mein erster Unfall.« Er sah mich skeptisch an. Glaubte er mir nicht?

»Ich rufe jetzt die Polizei hinzu«, sagte ich und zückte mein Handy.

PERSPEKTIVEN

Man kann sich noch so oft betrachten
und sieht nur, was man sehen will,
was alle gleich von einem dachten,
und ist beschämt und schweigt ganz still.

Denn jene, die viel besser scheinen,
die haben ja das Recht dazu;
auch wenn sie es nicht böse meinen,
es trifft den Mensch, und der bist du.

Doch nur die fremde Perspektive
ist nicht die eine, nicht das Maß
für jedes Urteil, Direktive,
wenn man die eigne Sicht vergaß.

So halte fest an deiner Mitte
und glaube nicht dem bloßen Schein,
gestatte deinem Mut die Bitte,
im Zweifel Helfer dir zu sein.

»Hast du jetzt echt die Polizei gerufen?«, fragte er.
Ich nickte.

»Das war aber doch nicht nötig«, brabbelte er.
Gemütlich lehnte er sich an seinen Wagen. Das Trommeln
mit den Fingern auf der blank polierten Motorhaube ärgerte
mich.

»Wann kommen die denn endlich?«, fragte er, sah auf
seine Armbanduhr und heuchelte Eile.
Ich zuckte die Schultern:

»Keine Ahnung, gleich«, antwortete ich.
Nach ein paar Minuten fragte er erneut:

»Hast du jetzt wirklich die Polizei gerufen?«
Ich nickte abermals.
Nach gefühlten 30 Sekunden fragte er wieder:

»Das dauert aber lange, wann kommen die denn?
Glaubst du, die kommen überhaupt, ich hab nicht ewig
Zeit.«
Wieder lag dieses selbstverständliche Duzen in der Luft.

»Also, das dauert mir jetzt aber zu lange. Haben die

nicht gesagt, wie lange das dauert?«

Ich schüttelte den Kopf.

Dieses blöde Gefrage ging mir auf den Geist. Warum hatte es der Oppa nur so eilig? Warum wollte er keine Polizei? Vielleicht hatte Oppa-Unfallgegner Schmiere gestanden, ging es mir durch den Kopf. Ob sie im Team eine Bank ausräumten? Ich schaute mich um, konnte aber in der Nähe kein Geldinstitut entdecken.

»Von da kommen die bestimmt nicht«, sagte er. »Das Bullensilo liegt in der anderen Richtung.«

Hatte ich da gerade Bullensilo verstanden? Also doch aus der Szene der Kleinkriminellen. Wer war Oppa-Unfallgegner?

»Lange kann ich jetzt nicht mehr warten«, sagte er. »Für Carlos dauert das einfach zu lange.«

Ich sah auf mein Handy. Wir warteten gerade mal 6 Minuten.

»Wer ist denn Carlos?«, fragte ich.

»Carlos ist mein Hund, der sitzt im Unfallwagen.«

Er öffnete die Beifahrertür seines Audis und Carlos sprang fröhlich schwanzwedelnd auf die Fahrbahn, an einer aufrollbaren Hundeleine befestigt. Dieser winzige Vierbeiner, ich tippte auf kroatischen Senfhund, begrüßte mich und begann vergnügt zwischen den Autos umherzulaufen, vertrat sich seine vier Pfoten. Einen Grashalm, an dem er sein Beinchen heben konnte, fand er schließlich auch. Oppa-Unfallgegner blieb stocksteif hinter seinem Wagen stehen und gewährte Carlos, der auch einen zweiten Vornamen hatte, einen Radius von ca. 5 Metern. Einige vorbeifahrende Autos mussten dem Hund ausweichen.

»Don Carlos komm, hopp ins Auto«, rief er. »Die Bull …, die Polizei kommt.«

Der silberne Passat mit den blauen Streifen kam auf das

Unfallgeschehen zu. Die Beamten fragten, wer sie informiert habe und begannen, den Unfall aufzunehmen.

»Es ist gut, dass Sie uns, als Unfallverursacherin, gerufen haben«, sagte der Polizist. »Und da es sich um einen Bagatellschaden handelt, nehmen wir davon Abstand, eine schriftliche Verwahrung auszusprechen."

»Was heißt das?«, fragte ich.

»Ich werde Sie hier an Ort und Stelle mündlich verwarnen und die Sache ist erledigt. Bei einer schriftlichen Verwarnung müsste ich Ihnen jetzt 35 Euro abnehmen.«

»Siehste«, rief Oppa-Unfallgegner. »Hab ich doch gleich gesagt. Die 35 Euro hätteste dir sparen können.«
Er hatte gar nicht mitbekommen, dass ich nichts zahlen musste.

Die beiden Polizisten unterzogen nun den defekten Außenspiegel des Audis einer eingehenden Kontrolle.

»Ich kann nichts feststellen. Du?«, fragte er seinen Kollegen, und klappte den Spiegel wieder zurück.

»Jetzt setzen Sie sich bitte ins Auto und prüfen Sie, ob er funktioniert«, sagte der Polizist freundlich. Oppa-Unfallgegner setzte sich hinter sein Lenkrad, steckte den Schlüssel ins Zündschloss. Der Motor heulte auf, wie beim Start eines Autorennens auf dem Nürburgring. Durch mehrmaliges Treten auf das Gaspedal und die damit verbundenen Motorengeräusche hielt ich bereits Ausschau, wohin ich laufen würde, um mich in Sicherheit zu bringen. Der linke Ellenbogen verließ wieder das Autoinnere durch die heruntergekurbelte Seitenscheibe, gefolgt von seinem Kopf.

»Blinker links funktioniert«, rief er. »Schauen Sie auf der anderen Seite nach.«

Die Bremslichter leuchteten auf, das Licht und das Fernlicht wurden geprüft. Jetzt noch Lichthupe und Hupe. Mach weiter so, dachte ich, dann bist du gleich fällig und kassierst ein Knöllchen.

»Was machen Sie denn da?«, rief der andere Polizist, der bereits wieder zu seinem Polizeiauto zurückgegangen war.

»Sie sollen nicht prüfen, ob Ihr kompletter Wagen funktioniert. Sondern lediglich, ob sich der Außenspiegel einstellen lässt.«

»Aber irgendwie war da gerade ein komisches Geräusch beim Starten, haben Sie das nicht gehört?«, fragte Oppa-Unfallgegner den Polizisten. Der Spiegel ließ sich problemlos einstellen und bewegte sich in alle gewünschten Richtungen.

»Passt doch«, sagte der Polizist. »Voll funktionstüchtig. Sie fahren jetzt in die nächste Werkstatt und können dort überprüfen lassen, ob das Gehäuse vielleicht einen feinen Haarriss hat, dann können Sie es austauschen, wenn es denn nötig ist. Aber lassen Sie sich keinen neuen Spiegel anbringen.«

Der Polizeibeamte, der mir meine Unterlagen überreichte, grinste mich an. Ich stand immer noch am Rand und wartete. Er sagte. »Sie haben alles richtig gemacht. Wenn Sie uns nicht dazu gerufen hätten, dann hätte sich Ihr Oppa-Unfallgegner bereits einen neuen Audi bestellt. Jetzt ist alles protokolliert.«

Ich setzte mich wieder hinter mein Steuer. Woher kannte der Beamte den Spitznamen, den ich dem alten Herrn in meinen Gedanken gegeben hatte? Hatte ich ihn unvorsichtigerweise ausgesprochen? Oder war Oppa-Unfallgegner gar kein so seltenes Exemplar und typisch für unsere Ruhrgebietsregion?

Zu Hause angekommen sah ich im neuen Bußgeldkatalog nach und stellte fest, dass Oppa-Unfallgegner auch Glück gehabt hatte, an so nette Polizisten geraten zu sein.

Unnötige Lärmbelästigung innerorts 10 Euro, Betätigung der Lichthupe 5 Euro, Betätigung der Hupe 5 Euro, Ladung, also Don Carlos, nicht ordnungsgemäß gesichert 35 Euro und Halten auf verbotener Fläche. Wer hat da wohl mehr Glück im Unglück gehabt?

GLÜCK IM UNGLÜCK

Der Mensch will stets zufrieden sein
in seiner kleinen Welt;
das Eigenbild als schöner Schein,
der auf die andren fällt.

Die Waage gern zu ihm geneigt,
doch wenigstens im Lot;
dass er auch allen ständig zeigt,
dass ihm nichts Schlechtes droht.

Bloß wendet sich auch mal das Blatt,
tanzt aus der Reih, dem Glied,
verspottet ihn, der Schaden hat,
den er so lang vermied.

Das Plus, selbst Gleichgewicht vorbei –
wie schnell so etwas geht –
er findet sich im freien Fall,
egal, wie man es dreht.

Auch wenn nur eine Kleinigkeit
den Anlass dafür gab,
sie stiehlt ihm Geld und auch die Zeit –
sein stolzes Gut und Hab.

Doch ist sein Sturz nicht bodenlos,
bald rappelt er sich auf,
denkt nicht mehr an den Schicksalsstoß,
folgt wieder seinem Lauf.

Das Ungemach war nicht so schlimm
wie ursprünglich gedacht,
vergessen ist die Furcht, der Grimm –
wird sich nichts draus gemacht.

Bei Glück im Unglück, findet er,
bedeutet das für ihn,
dass er im Leben umso mehr
kann seiner Wege zieh'n.

15. DUNKELHEIT

Es war lange her, dass ich das Haus meiner Großeltern betreten hatte. Oma war schon einige Jahre tot und Opa verbrachte die letzten beiden Jahre in einem Seniorenheim. Sein Haus war unbewohnt. Als es jetzt zum Verkauf stand, durften mein Bruder und ich noch einmal durch die Räume gehen und nach Erinnerungsstücken Ausschau halten. Es sollte für mich eine Art Abschiednehmen von einer unbeschwerten Kinderzeit sein.

Ich verabredete mich mit meinem Bruder. Zwanzig Minuten stand ich vor dem Haus und wartete. Mutter hatte mir einen Schlüssel mit reich verziertem Griff gegeben und mir geraten, das Haus durch den Hintereingang zu betreten. Die Wartezeit wurde mir zu lang. Ich schlich durch den verwilderten Garten und steckte den Schlüssel in das Schloss der alten grünen Tür, von der die dick aufgetragene Farbe abblätterte. Zögerlich trat ich in das mir vertraute, aber auch fremd gewordene Haus ein. Eine Fülle von Erinnerungen überhäufte mich, als meine Füße die alten ausgetretenen Bodenfliesen des ehemaligen Hausarbeitsraums berührten. Mein erster Blick fiel auf die Kellertür. Sie stand einen Spalt auf. Ein Hölzchen steckte zwischen Türblatt und Rahmen. Früher als Kind hatte ich mich nie getraut, allein in den dunklen Keller hinabzusteigen. Ich öffnete die Tür, schob mit dem Fuß das Holzstück beiseite. Ein leicht erdiger Geruch schlug mir entgegen. Dann trat ich auf die erste alte Holzstufe. Sie knarrte unter meinem Gewicht. Ich betätigte den Drehschalter aus Bakelit. Er fühlte sich kühl an. Die an einem Kabel frei schwebende Glühbirne bekam Strom. Fahles gelbliches Licht fiel auf die Stufen. Ich musste meinen Kopf einziehen, weil die weiß gekälkte Decke und Spinnweben mir sehr nahe kamen. Bevor ich die letzten drei Stufen hinabgegangen war, flackerte die nackte Birne. Es gab einen Knall. Das Licht erlosch. In meinen Augen blitzten noch einige Sekunden lang Sternchen auf, bis mich totale Dunkelheit umschloss.

Gleichzeitig vernahm ich hinter mir das Geräusch einer Tür, die ins Schloss fiel. Die Kellertür hatte früher nie weit aufstehen dürfen, weil alle Erwachsenen immer Angst hatten, wir Kinder würden beim Spielen die Treppe herunterfallen. Der Mechanismus schien noch zu funktionieren und die Tür fiel von alleine zu.

Ich wankte leicht, stützte mich an der Wand ab. Meine Finger berührten den porösen Wandputz. Er zerbröselte zwischen den Fingerkuppen. Ich tastete mich weiter vor, dem nächsten Lichtschalter entgegen, an den ich mich erinnerte. Stufe für Stufe bewegte ich mich hinunter. Mit dem Fuß testend stellte ich fest, dass ich auf dem Kellerboden stand. Mit den Handflächen tastete ich weiter an der Wand entlang. Ich griff plötzlich ins Leere und staunte, dass ich so schnell die Orientierung verlor. Vorsichtig drehte ich mich zur Seite. Dabei stieß ich gegen etwas Hartes. Es musste ein Regal sein. Es konnte nur ein Regal sein, denn rechts und links nach dem Treppenabgang hatten immer Regale gestanden. Es klirrte leise. Die Geräusche gingen von Glas aus. Omas Einmachgläser. Sie mussten wie damals aufgereiht auf den mit Zeitungspapier abgedeckten Regalbrettern stehen. Ich dachte an eingemachte Birnen, Omas Spezialität. Konnte es sein, dass Reste dieser Vorräte immer noch dort aufbewahrt wurden? Die Stange Zimt, die Oma stets zugefügt hatte, musste die Birnen sicher schon dunkelbraun gefärbt haben. Ich breitete meine Arme aus, wollte feststellen, wie weit ich von dem rechten Regal entfernt war. In dieser Position verharrte ich, als ich von oben dumpfe Geräusche hörte. Ob es mein Bruder war, der über die Holzbalkendecke lief? Ich rief seinen Namen, erst zaghaft, dann lauter. Der sonore Schall meiner eigenen Stimme fiel auf mich nieder, schien mich zu erdrücken. Die Geräusche von oben verstummten. Plötzlich sprang ein Kühlschrank an. Das monotone Surren eines Elektromotors konnte nur von einem Kühlschrank stammen. Ich wusste gar nicht, dass mein Opa jemals einen Kühlschrank besessen hatte. In diesem Keller hätte ich erst recht kein so modernes Gerät vermutet. Es verwunderte mich, dass ich dieses Geräusch überhaupt wahrnahm. Ich dachte, die Sicherung sei herausgesprungen. Gab es in diesem Keller echt zwei unabhängige Stromkreise? Vorsichtig tastete ich mich an dem rechten Regal entlang und konzentrierte mich darauf, mich um 180° zu drehen. Dann müsste ich wieder Richtung Treppe gehen. Oder? Ich berührte Glas und zog meine Hand eine Spur zu schnell zurück. Dabei musste der Ärmel meiner Jacke ein Gefäß aus dem Regal gezogen haben. Neben mir fiel etwas zu Boden. Der Aufschlag war dumpf. Es folgte das Klirren von Scherben. An meinen Beinen spürte ich Feuchtigkeit. Ich rieb mit der Hand über meine Wade und meine Finger klebten. Der muffige Geruch des Kellers wurde angereichert mit dem Duft von Johannisbeeren. Scharfe alkoholische Dünste stiegen mir in die Nase. Unglaublich, da gibt es tatsächlich noch Vorräte von Opas selbstgemachtem Johannisbeerenschnaps. Jahre waren vergangen, dass er diesem Hobby nachgegangen war. Der Geruch erinnerte mich an üppige Mahlzeiten, nach denen Opa jedes Mal den Erwachsenen ein Schnapsgläschen mit dieser klebrigen roten Flüssigkeit gefüllt hatte.

Als ich einen weiteren Schritt vorwärts machen wollte, klebten die Sohlen meiner Schuhe bereits auf dem Boden fest. Ein leises Quatschen war zu hören. Ob mich mein Bruder hier auch findet, dachte ich. Aber mein Auto in der Garagenauffahrt ließ ihn sicher nach mir suchen. Vielleicht schaffte ich es ja auch aus eigener Kraft die Treppe wieder zu erreichen. Eine Haarsträhne kitzelte mich im Gesicht. Ich strich sie mir hinter das Ohr. Plötzlich roch ich Opas Aufgesetzten ganz nah an meinem Gesicht. Aus der Dunkelheit über mir hörte ich meinen Bruder. Er rief meinen Namen. Erleichterung stellte sich bei mir ein. Ich hörte das Öffnen der Kellertür über mir und schaute in die Richtung, aus der das Geräusch kam. Der Strom im Erdgeschoss musste auch ausgefallen sein. Sehen konnte ich meinen Bruder nicht, der oben am Treppenabsatz stehen musste. Das helle Licht eines Handys blendete mich. Der Kühlschrank röchelte noch einmal und verstummte.

»Wie siehst du denn aus?«, rief mein Bruder. »Hast du dich verletzt?«

»Soll ich eine Flasche Johannisbeerschnaps mit raufbringen?«, fragte ich und grinste ihn an.

»Hast du vergessen, dass der Keller für uns verboten ist?«, fragte er. »Komm rauf, aber bitte ohne Schnaps. Mir reicht bereits der Geruch.«

Der Keller blieb für mich ein spannendes unaufgelöstes Geheimnis meiner Kindheit.

AUS DEN AUGEN

Aus den Augen, aus dem Sinn,
weist auf die Bedeutung hin,
die die Sicht fürs Denken hat:
ohne Durchblick, Hirn schachmatt.

Und so brauchen wir das Sehen,
um im Dasein zu bestehen;
kein Gedanke wird sich trauen,
ohne Schauen drauf zu bauen,
dass er Chancen hat im Leben –
ohne Perspektive eben.

Und ein Plan bedingt zumeist,
dass du ihn zu lesen weißt;
fehlt dir fürs Detail die Sicht,
wirst du auch erfolgreich nicht.

Und ein Ziel braucht Strategien
für das eigene Bemühen;
auf das Wesentliche achten,
jede Position betrachten,
welche Konsequenzen bringen
Vorteil dir für dein Gelingen?

Sind so wichtig, diese Augen!

16. FRAU GERDA MÜLLER GEHT ZUM FRISEUR

Frau Gerda Müller hatte sich den Wecker gestellt. Ein penetranter Klingelton entwich dem kleinen schwarzen Plastikgehäuse. Sie drehte ihren Kopf und sah in die Richtung, aus der dieses ohrenbetäubende Geräusch kam. Die Uhrzeit konnte sie nicht lesen. Die digitalen Zahlen auf dem kleinen Sichtfenster waren kaum zu erkennen. Das lag nicht daran, dass die Herstellerfirma die Ziffern nicht groß genug angelegt hatte, sondern daran, dass Frau Gerda Müller es an diesem frühen Morgen noch nicht geschafft hatte, mit ihrer linken Hand die Sehhilfe zu greifen, die auf ihrem Nachtschränkchen aus massivem Eichenholz mit gedrechselten Füßen lag, und diese auf ihre Nase zu setzen. Die Brille würde ihr erst den optischen Teil ihres Lebens sichtbarer machen.

Frau Gerda Müller lag auf dem Rücken ihres einhundertvierzig Zentimeter breiten Einzelbettes und starrte unter die weiß getünchte Schlafzimmerdecke, an der der zwölfarmige Kronleuchter hing, der die familiäre Wohnzimmeridylle in einer längst vergangenen Zeit erhellt hatte. Mit Verstärkung ihrer Sehkraft hätte sie die Wollmäuse und die feinen Spinnweben gesehen, die ihren hausfraulichen Ehrgeiz bis ins Mark getroffen hätten. So sah sie nur die hübsche Lampe und überlegte, welcher Wochentag heute wohl sei. Da sie nur den Wecker stellte, wenn sie einen Termin hatte, brachte sie recht schnell das frühe Aufstehenmüssen mit dem bevorstehenden Friseurtermin in Verbindung. Es muss also Mittwoch sein, dachte sie. Zeit aufzustehen, damit es später nicht so hektisch wird. Sie drehte sich auf die linke Seite. Ihre Schulter schmerzte. Verdammte Arthrose, dachte sie, als ihre Beine über der Bettkante baumelten. Vorsichtig entfernte sie das Haarnetz, das ihre sorgfältig gestylte Frisur, die dauergewellten silbergrauen Haare, über Nacht geschützt hatte. Als Nächstes griff sie die kleine Schachtel, die auf dem Brokatdeckchen direkt neben dem Wecker lag.

Sie entnahm ihr zwei seltsam geformte Gebilde und stopfte sie sich in die Ohren. Wahnsinn, dieser Klingelton, dachte sie, der nun um ein Vielfaches verstärkt in ihren Kopf eindrang. Sie ergriff den Wecker und Stille kehrte in ihr kleines Appartement ein.

Es folgte die tägliche Routine und Frau Gerda Müller saß wenige Zeit später im geblümten Steppbademantel am Küchentisch. Vorher hatte sie allerdings ihre Haare zurechtgezupft und mit einem Hauch von Haarspray fixiert. Der Duft von frisch aufgebrühtem Kaffee in Symbiose mit der blumigen Fixierung aus der Spraydose erfüllte den Raum. Vor ihr lagen die Tageszeitung und eine Plastikschiene mit drei kleinen Fächern, die unterschiedlich bunte Pillen enthielten. Mit dickem Filzstift stand Mittwoch, Doppelpunkt, morgens, mittags und abends darauf. »Dann wollen wir mal frühstücken«, dachte sie, nahm die Tabletten für morgens in die faltige hohle Hand, warf sie ein, wie früher eine Portion Erdnüsse und spülte sie mit Kaffee hinunter.

Bevor sie sich auf den Weg zur Innenstadt machte, trat sie auf ihren Balkon und überprüfte die Wettersituation.

Danach fiel die Entscheidung auf den leichten grauen Woll-mantel, zu dem sie gerne das neue türkisfarbene Tuch trug, ein Geschenk ihrer Enkelin. Ein letzter Blick in den Spiegel, etwas zarten Lippenstift auf die spröden Lippen aufgetra-gen und mit einem Papiertaschentuch das zu stark aufge-legte Rouge entfernt, startete sie zum Friseur.

KLEINE FREUDEN

Dein Leben läuft in einer Bahn,
die du den Alltag nennst;
und Rädchen greifen Zahn in Zahn,
wie du es lang schon kennst.
Im Ablauf liegt Vertrauen
und du kannst darauf bauen.

Bist du auch lange schon allein,
ist es nicht Einsamkeit,
die du erträgst in deinem Sein,
es bringt auch Sicherheit.
Routine macht zufrieden,
denn Kraft wird dir beschieden.

Und doch machst du den Tag zum Fest
in deiner kleinen Welt,
du dir den Spaß nicht nehmen lässt,
wenn es dir grad gefällt.
Die Freuden sind dein Glück
auf deinem Weg zurück.

Der Straßenverkehr hatte zugenommen, die Geräuschkulisse verunsicherte Frau Gerda Müller. Sie überlegte, ihre Verstärker aus den Ohren herauszunehmen, entschied sich aber dagegen, als sie Luise Klausen auf der anderen Gehwegseite sah. Sie wollte sich diesen besserwisserischen Tadel von Luise ersparen, die sofort bemerken würde, dass sie ihr Hörgerät nicht trug.

»Guten Morgen Luise, auch schon so früh unterwegs?«, fragte Gerda.

»Ja, ich muss zum Arzt, ein Rezept abholen und dann blättere ich mal kurz durch die neuen Illustrierten. Mal sehen, was bei den Schönen und Reichen und in den Königshäusern so los ist. Und Du?«

»Ich gehe zu Luigi«, sagte Gerda. »Es ist mal wieder nötig.« Dabei schüttelte Frau Gerda Müller ihre Haare, die im Licht der gerade aufgegangenen Sonne einen lilafarbenen Schimmer hatten. Kein Haar bewegte sich. Das aufgetragene Haarspray hätte einigen Windstärken getrotzt.

»Nobel«, sagte Luise. »Mir ist der zu teuer. Ich gehe jetzt immer zu Ayse in den neuen kleinen Friseurladen an der Marktstraße. Da zahle ich gerade mal 14 Euro Komplettpreis.«

»Spricht sie Deutsch?«, frage Gerda.

»Keine Ahnung, aber ich gehe zum Friseur, um mir die Haare schneiden zu lassen und nicht, um mich zu unterhalten. Und „Dein“ Luigi? Unterhältst Du Dich mit ihm auf Italienisch?«

Frau Gerda Müller antwortete auf diese Frage nicht, die sie als kleine Spitze, basierend auf Eifersucht, einordnete. Sie verabschiedete sich freundlich, aber distanziert. Blöde Kuh, dachte sie. Aber diese Worte wären niemals über ihre

Lippen gekommen. Schon von Weitem sah sie den Salon „Kopfarbeit" von Luigi Mantori, der das Geschäft bereits in der zweiten Generation führte. Vor dem Eingang standen rechts und links je eine dekorativ geschmückte metallene Stele. Darauf unter Glas dicke weiße Kerzen, deren Flammen dem Sonnenlicht trotzten. Frau Gerda Müller stand vor der blank geputzten Schaufensterscheibe, rückte ihren modischen Schal gerade und fasste mit der linken Hand noch einmal an ihren Kopf, um zu überprüfen, ob ihre Frisur immer noch den richtigen Sitz hatte. Dann betrat sie die rote Fußmatte, auf der zur Begrüßung ein hölzernes Herz lag, umgeben von einigen frischen Rosenblättern. Luigi wusste, was nötig war, um Frauenherzen höher schlagen zu lassen.

Luigi Mantori erblickte Frau Gerda Müller, schritt auf sie zu und begrüßte sie überschwänglich und herzlich.

»Signora Müller«, sagte er, » schön, Sie zu sehen. Ich habe Sie schon erwartet.« Er umfasste mit seinen gepflegten Händen die schmalen Schultern seiner Kundin und beugte sich zu ihr herunter. Küsschen rechts, Küsschen links, ohne Hautkontakt natürlich. Nur zwei leise Schmatzer, durch Hörgeräte verstärkt, erfreuten Gerda. Ihre Schultern, beim Aufstehen noch schmerzhafte Arthrose heuchelnd, fühlten sich unter den Händen des Coiffeurs völlig entspannt an. Gerda schälte sich mit der Hilfe von Luigi aus dem grauen Wollmantel, stopfte den Schal in den linken Mantelärmel. Luigi geleitete sie zu einem schwarzen Lederstuhl. Sie sah in den Spiegel und lächelte Luigi an, der hinter ihr stand und ihr schwungvoll einen schwarzen Umhang umlegte. Er spreizte seine Finger und griff in ihre fixierte Frisur und wuschelte die Haare durcheinander. Gekonnt zupfte er einige Strähnen hervor, zog sie in Gerdas Gesicht und verlieh ihr allein durch diese winzigen Veränderungen ein verwegenes Aussehen.

»Ach, Luigi«, sagte Gerda. »Sie sind ein wahrer Künstler. Ein paar Handbewegungen von Ihnen und ich sehe gleich zehn Jahre jünger aus.« Sie strahlte kokett ihr Spiegelbild an.

Luigi schien zufrieden mit der Reaktion seiner Kundin.

»Was kann ich heute für Sie tun?«, fragte Luigi, der als vorbereitende Maßnahme auf einen simplen Standardhaarschnitt Gerdas Kopfhaut massierte.

»Waschen, schneiden, legen«, sagte Gerda. Diese drei Worte, genau in dieser Reihenfolge, hatten sich in ihr Gedächtnis über Jahrzehnte eingebrannt.

Tina, die junge Auszubildende, ebenso ganz in schwarz gekleidet wie Luigi, mit einigen interessanten Metalldekorationen im Gesicht, trat an den Behandlungsstuhl. Sie wartete auf Anweisungen ihres Chefs.

»Bevor ich beginne«, sagte Luigi, »wird Tina Ihnen einen Kaffee bringen, koffeinfrei mit etwas Milch und zwei Keksen«, sagte er, und kniff Gerda im Spiegel sichtbar ein Auge zu. Tina drehte sich auf dem Absatz um und verschwand Richtung Teeküche. Gerda war stets beeindruckt, dass Luigi sich merken konnte, dass sie gerne Süßes aß. Sie hatte sich gefragt, ob er sich diese Kleinigkeiten auch auf ihrer Karteikarte notiert hatte, direkt neben der Nummer ihrer Tönung, die sie alle paar Monate durchführen ließ.

Gerda sah Tina im Spiegel auf sich zukommen. Sie balancierte eine Kaffeetasse und fragte scheinheilig, noch bevor sie diese abgesetzt hatte, ob alles so recht sei.

Luigi hatte Gerda einige Hochglanzmagazine überreicht, mit der Bitte, sich eine Frisur auszusuchen. Gerda überschlug die Seiten mit den Langhaarfrisuren und ebenfalls die, von denen sie Damen mit schulterlangen Haaren anlächelten. Der Kaffee war heiß und schmeckte hervorragend und die Plätzchen mussten aus einer geheimen italienischen Bäcker-Quelle sein. Sie zergingen auf der Zunge. Dazu die beruhigende zarte Entspannungsmusik aus den unsichtbaren Lautsprechern. Gerda fand eine Frisur, die genau den Vorstellungen eines neuen Aussehens entsprach. Es war die Frisur, die Altbewährtes mit Neuem verband. Tina trat hinter sie, schob das Haarwaschbecken von hinten unter ihren Kopf und begann sorgfältig, mit viel Schaum zweimal Gerdas Haare zu waschen. Diese freute sich auf die letzten Minuten, in denen Tina die volle sensible Kraft ihrer Finger einsetzte und sie mittels einer Kopfmassage in eine Art tranceähnlichen Zustand versetzte. Dann endlich nahm Luigi seine Arbeit auf. Die Schere blinkte im Neonlicht. Er warf einen Blick auf die ausgewählte Frisur und begann mit seiner künstlerischen Gestaltung. Winzige kleine, nass verklebte Haarspitzen hafteten auf Gerdas Gesichtshaut. Ihre Brille lag auf der Ablage vor dem Spiegel und sie vertraute auf die Kunst ihres italienischen Coiffeurs. Der hydraulische Drehstuhl wurde gesenkt und erhob sich. Das Klackern der Schere hörte Gerda nicht, da sie zum Schutz vor Wasser und Schaum ihre akustischen Verstärker in die Handtasche gesteckt hatte. Luigi kannte die unterschiedlichen Handicaps seiner Kundinnen und schwieg, um diese nicht zu unterstreichen. Gerda setzte ihre Brille erst wieder auf, als ihre silbergrauen Locken, um Millimeter gestutzt, auf Wicklern in Form gezwängt, der lauwarmen Luft einer Trockenhaube ausgesetzt wurden. Tina brachte einen zweiten koffeinfreien Kaffee, weitere süße Köstlichkeiten und einen Stapel Illustrierte, damit auch Gerda sich in Ruhe und ungestört informieren konnte, was bei den Reichen und Schönen und in den Königshäusern passiert war.

Zum Frisieren und Toupieren sowie beim Einsatz von Haarspray musste Frau Gerda Müller ihre Brille wieder absetzen. Als sie auf dem altvertrauten Drehstuhl sich leicht nach rechts und links drehte und in den Spiegel schaute, der ihr die Frisur von hinten präsentierte, jubelte sie.

»Luigi, Sie sind ein wahrer Künstler.«
Er half Frau Gerda Müller wieder aus dem Stuhl, hakte seinen Arm bei ihr ein und geleitete sie zur Garderobe. An der Kasse erhielt sie eine winzige Tube mit einem exklusiven Haarwaschmittel, eine Duftprobe für die reife Dame und einen Gutschein für eine Kopfmassage beim nächsten Besuch.

Frau Gerda Müller wurde von Luigi verabschiedet. Er stand einige Minuten im Eingang zu seinem Frisiersalon und winkte der alten Dame zu, die glücklich, selbstbewusst und entspannt die Fußgängerzone entlanglief.

»Hallo, Gerda!«, hörte sie plötzlich. Luise hatte ihren Arztbesuch beendet und ging neben ihr. »Du duftest aber gut«, sagte sie. »Aber wenn Du mir nicht erzählt hättest, dass Du heute bei „Deinem" Luigi gewesen bist, hätte ich es nicht bemerkt. Du siehst nicht anders aus als heute früh.«

»Das macht nichts«, sagte Frau Gerda Müller, »ich bin ja auch nicht Deinetwegen zum Friseur gegangen, sondern meinetwegen. Ich fühle mich so gut wie lange nicht mehr. Lebensfreude gibt es eben nicht auf Rezept.«

Keine Zeit für Neid

Die Welt verlebt sich mit System,
ein jeder macht es sich bequem,
so wie er kann, macht er sich breit –
doch ich hab keine Zeit für Neid.

Die ganze Sucht nach Macht und Geld,
und wer wem wann warum gefällt,
und alle kommen möglichst weit –
doch ich hab keine Zeit für Neid.

Und in der blinden Jagd nach Glück,
dem allergrößten Beutestück,
verlieren sie Zufriedenheit –
ihr ganzer Neid hat niemals Zeit.

17. HERZLICHEN GLÜCKWUNSCH ZUM GEBURTSTAG

Mara las ausschließlich Krimis. Sie verschlang die Kriminalliteratur. Der Bücherturm auf ihrem Nachtschränkchen wurde nie kleiner. Für Nachschub war stets gesorgt. Ihr Berufswunsch in jungen Jahren: Kriminalkommissarin.

»Das fehlt mir noch, dass du dich tagtäglich mit dem Abschaum der Menschheit beschäftigst, dich mit Mord und Totschlag auseinandersetzen musst. Du gehst mir nicht zur Polizei. Dafür haben wir dich nicht auf die höhere Schule geschickt«, erstickte der Vater ihren Traum im Keim. Mara begann eine Ausbildung zur Bankkauffrau und erwartete von da an, Zeugin eines Bankraubs zu werden.

Krimis im Fernsehprogramm verpasste sie nie. Als Kind des Ruhrgebiets ermittelte sie mit Kommissar Haferkamp in Essen und ging mit Schimanski und Thanner von einem Duisburger Schauplatz des Verbrechens zum nächsten.

Die gemeinsamen Fernsehabende liebte sie nicht. Ihr Vater, der seine erzieherische Aufgabe ernst nahm und seine Tochter vor seelischen Schäden bewahren wollte, sparte nie mit spannungshemmenden Kommentaren zum fesselnden Geschehen auf der Mattscheibe.

»Das ist alles nur Film. Der Schauspieler steht gleich auf und wischt sich das Filmblut von seinem Hemd. Alles nur Filmtrick.«

Diese Bemerkungen eliminierten jeglichen Nervenkitzel.

Mara heiratete Tim. Sie verteilte ihre stattliche Sammlung von Kriminalromanen in der gemeinsamen Wohnung und freute sich darauf, ab jetzt mit ihm gemeinsam den kriminalistischen Spürsinn der Tatort-Kommissare im Fernsehen zu verfolgen. Aber gemütliche Krimiabende auf dem Sofa waren äußerst selten. Tim begeisterte sich nicht für die Verbrechensbekämpfung. Er konnte auf den Anblick von erstochenen, erdrosselten, erschlagenen, zerstückelten oder erschossenen Mordopfern zur besten Sendezeit verzichten. Im Sinne eines gemeinschaftlichen Fernsehabends leistete er Mara ab und zu Gesellschaft.

Die Kommentare ihres Vaters nervten jetzt nicht mehr, dafür aber die schlafenden Geräusche, die Tim bereits nach dem Vorspann von sich gab. Die letzten Töne der Tatortmelodie von Klaus Doldinger waren verklungen und Tim schnarchte bereits.

»Geh doch bitte ins Bett, wenn du müde bist«, schlug Mara vor. Die Folge war: Sie saß zur Krimizeit meistens alleine auf dem Sofa. Tim lehnte Maras Krimileidenschaft nicht ab. Ganz im Gegenteil. Wenn andere Frauen einen Blumenstrauß von ihren Männern geschenkt bekamen, brachte er für Mara einen neuen Krimi mit. Er war ein aufmerksamer Zuhörer, wenn sie ihm von ihren neusten fiktiven Tatorten und Opfern berichtete, die blutigen Details nie ausließ. Sie erzählte von Menschen, die von Hochhäusern gestoßen wurden oder mit aufgeschlitzter Kehle in einem Hinterhof lagen. Mit einer großen Portion Fantasie ließ sie Tim an ihren Tatortbeschreibungen teilhaben.

»Was meinst du, wie viel Blut kann aus einem menschlichen Körper austreten?«, fragte sie.

Tim schüttelte den Kopf. »Keine Ahnung.«

KRIMINELL

Große Stadt – ein kleiner Mord,
Polizei ist schnell vor Ort,
sichert Spuren und Beweise,
Leiche geht auf ihre Reise,
pathologischer Befund:
Blattschuss um die Mittagsstund.

Keine Zeugen, doch Gerüchte
über Neider, Eifersüchte –
ja, das Opfer war wohl reich,
Erben finden sich nicht gleich,
nur 'ne Tante als Verwandte,
und der große Unbekannte.

Nichts geraubt, auch kein Motiv,
das nach einem Täter rief;
Kommissar tritt auf der Stelle,
hoffte wohl auf eine schnelle
Klärung dieser fiesen Tat,
und jetzt hat er den Salat!

Ohne Mörder sinkt die Quote –
wo doch die Beförderung drohte –
und so greift der Cop zur List,
die schon bald erfolgreich ist:
Testament nicht da, verloren,
Erbe einfach eingefroren.

Kaum schreibt dieses die Gazette,
und dass man den Täter hätte,
meint der Butler, endlich wach,
dessen Alibi recht schwach,
dass in Wahrheit er ein Bruder
unsres Opfers sei, das Luder!

Zwar nicht ganz so eng und groß,
da aus Mutters stiefem Schoß,
doch statt Tante Margarete
hätte er jetzt gern die Knete.

Für die Bullen wird schnell klar,
dass nur er der Mörder war,
weil sonst niemand wirklich klasse
zu dem Täterprofil passe.

Schnell verhaftet und vernommen
ist es dann dazu gekommen,
wie danach die Zeitung schrieb,
dass er lang im Knast verblieb.

Ob er jetzt der Mörder war,
ist selbst mir nicht richtig klar;
ja, ich schrieb wohl dies Gedicht,
doch Experte bin ich nicht –
und war ich zu forsch und schnell,
ist das auch wohl kriminell!

Maras 50ster Geburtstag stand bevor und Tim beschäftige die Frage: „Was schenke ich meiner Frau?" Die Jahre hatten ihn gelehrt, dass ein Krimi immer richtig sei. Aber einen Krimi zum fünfzigsten Geburtstag? Nein. Vielleicht 50 Krimis? Dann würde sich auch der Buchhändler freuen. Aber so viel Platz war in ihrer Wohnung für Bücher nicht mehr. Vielleicht ein neues Bücherregal, für neue Krimis? Ein Krimi-Dinner? Eine Krimi-Lesung? Seine Gedanken kreisten in den letzten Wochen nur noch um Krimis und Maras Geburtstag.

Die Idee für ein Geschenk hatte er an einem gemütlichen Abend mit seinem Freund Jan. Dieser berichtete ihm gerade sehr ausführlich von einer interessanten Fortbildung als Lehrrettungsassistent. Die Begeisterung, seine neu erlernten Fertigkeiten anzuwenden, war ihm anzusehen. Er sagte zu, Tim bei der Vorbereitung seines kriminalistischen Geburtstagsgeschenks zu helfen.

Maras runder Geburtstag lag mitten in der Woche. Tim war sehr früh aufgestanden und hatte den Frühstückstisch gedeckt. Ein Strauß roter Rosen stand auf der Anrichte. Er bemühte sich um Gemütlichkeit und achtete darauf, dass Teller und Becher auch zueinanderpassten. Mara konnte es nicht ausstehen, wenn das Geschirr auf dem Tisch zusammengewürfelt aussah. Er hatte den obligatorischen Geburtstagskuchen gebacken, der puderzuckerbestäubt die Mitte des Küchentisches einnahm. Mara pustete die 5 Kerzen aus, nahm die Glückwünsche entgegen und hielt Ausschau nach neuen Krimis. Aber sie entdeckte keinen einzigen.

Hoffentlich ging der Tag schnell vorbei, denn Mara fieberte bereits der versprochenen Überraschung am Abend entgegen. Mit geschickten Fragen versuchte sie Tim kleine

Hinweise zu entlocken, aber er grinste nur und schwieg.

»Ich werde pünktlich um 17.00 Uhr aus der S-Bahn aussteigen und spätestens in fünf Minuten da sein!«

Mara stieg aus der S-Bahn, zückte ihr Handy. Zwei kurze Berührungen des Displays und Tim meldete sich.

»Ich bin gleich da, habe riesigen Hunger, nicht nur auf das Essen, ich freu mich auf dich und die Überraschung«, flüsterte sie.

Mara betrat die Wohnung. Leise angenehme Musik strömte ihr entgegen. Beide Seiten des Flurläufers waren mit Teelichtern gesäumt. Sie wiesen ihr den Weg. Die kleinen Flammen flackerten in den rot-durchsichtigen Gläschen. Auf dem hellen Berberteppich hatte Tim ein Blütenmeer aus roten Rosenblättern geschaffen. Die Teelichter, der zarte Rosenholzduft der Räucherstäbchen, die romantische Musik und das Blättermeer schafften eine Atmosphäre, die Maras Fantasie explodieren ließ. Ein angenehmes Kribbeln breitete sich in ihrem Bauch aus. Sie stand da und genoss den Anblick, den Tim zu ihrem Empfang geschaffen hatte. So viel Romantik kannte sie von ihm gar nicht.

Sie ließ ihre Handtasche auf den Boden plumpsen und schlackerte ihre Pömps von den nackten Füßen. Ihre Kostümjacke fiel hinter ihr auf den Boden. Dann berührten ihre Fußsohlen die kühlen frischen Rosenblätter und den wuschelig weichen Teppich gleichzeitig. Der Reißverschluss ihres engen Rocks erzeugte nur ein leises Geräusch, das in verträumten Melodien unterging. Knopf für Knopf öffnete sie ihre Bluse, und ihr Körper schwang mit leicht rhythmisch zu den Klängen der Kuschel-Rock-CD. Sie schaute in den großen Spiegel, der bis auf den Boden reichte, und betrachtete sich zufrieden. Zog den Bauch ein, reckte ihren Busen nach vorn und entspannte sich wieder. Sie drehte den linken Arm auf ihren Rücken und fuhr mit dem Daumen unter den BH-Verschluss und löste die Häkchen aus ihrer Verankerung. Einen winzigen Moment verharrte sie. Sie wunderte sich, dass der Lichterweg sie nicht ins Schlafzimmer führte, sondern ins Bad. Während sie am ausgestreckten Arm mit spitzen Fingern den BH zu Boden fallen ließ, betrat sie das Badezimmer. Ihre Geburtstagsüberraschung führte zur totalen Überforderung ihrer Sinne.

Das Zentrum ihrer Wahrnehmung war die Badewanne. Tim lag darin. Sein Kopf hing leicht nach vorn gebeugt und sein Kinn berührte seine behaarte Brust. Die Augen schienen geschlossen. An seiner linken Halsseite klaffte eine große Wunde. Das austretende Blut hatte nicht nur die Haut seiner Schulter benetzt, es hatte sich auch kontinuierlich mit dem Badewasser vermischt. Tims restlicher Körper war von einer blutroten Wassermasse bedeckt. Blutige Handabdrücke waren auf den weißen Fliesen oberhalb der Badewanne zu sehen und das Blut, das wie in einer Fontäne aus der Halswunde herausgespritzt sein musste, hatte sich an den Wänden verewigt. Rote Fußspuren bedeckten die weißen Bodenfliesen. Im Waschbecken lag ein Messer, mit einer langen Klinge. Die Tatwaffe?

Maras Herz raste, ihre Atmung wurde flach und sie schien zu hyperventilieren. Sie fasste sich an den Hals und stützte sich am Waschbeckenrand ab. Dann fiel ihr Blick auf den Spiegel. Mit einem roten Lippenstift hatte der Täter einen Hinweis hinterlassen.

Inakkurat und leicht verschmiert stand quer über die Spiegelfläche geschrieben: „Herzlichen Glückwunsch zum

Geburtstag!" Mara starrte auf das Herz, das unter diesen makabren Geburtstagsgruß gemalt war. Im Spiegel nahm sie eine Bewegung wahr. Sie erblickte Tim. Sie schrie schrill und ohrenbetäubend. Schwankend stolperte sie über den blutverschmierten Badezimmerteppich. Unsanft schlug sie mit der Hüfte auf den Badewannenrand auf, während Tim sich innerhalb der Tatort-Simulation aus dem Wasser aufrichtete. Mara streifte im Fallen das Handtuchregal, auf dem der Gettoblaster stand. Die romantischen Klänge von „Purple Rain" versanken blubbernd in der roten Badewasserbrühe. Der Protagonist des Tatorts hatte keine Zeit, die Füße auf der sicheren Badematte abzustellen.

BADAWANNA

Meine Wade hängt beim Bade
ziemlich panne aus der Wanne.
Tropfen fallen und verhallen
auf den miesen Zimmerfliesen.

Doch ich patsche und ich platsche
mit den Armen – kein Erbarmen!
Und so schäume ich die Räume
ohne Gnade – jammerschade!

Überschwemmung ohne Hemmung
zwingt Vokale ins Banale.
Und das Wüten in den Flüten
kann kein Dichten wieder richten.

Dann beim Wischen wird vermischen,
was gespritzt und was geflogen.
Die Bescherung nach der Leerung,
keine Frage, bringt zu Tage,
welche Schande überm Rande
ich geschoffen: abgesoffen!

18. SOMMERFRISCHE

Das Schauspiel des Alters

Heut gebe ich die Pippilotta,
ich mach nur das, was mir gefällt;
mein Pferd ist zwar aus Terrakotta,
doch trägt es mich durch meine Welt.

Ich reise mit ihm an die Orte,
die ganz allein mir wichtig sind,
bekomme Brötchen, Wein und Torte,
und lebe glücklich wie ein Kind.

Ein jeder ist nur nett und freundlich,
mein Tag ist wie ein Wunschkonzert,
und alle, die mir bös und feindlich,
die hab ich für mich ausgesperrt.

Um Geld brauch ich mich nicht zu sorgen,
denn alles wurde gut bestellt;
und so genieß ich jeden Morgen
in meiner neuen, schönen Welt.

Von dem Begriff „Urlaub" hatte sie sich verabschiedet. Urlaub brauchte sie in ihrem Leben nicht mehr. Urlaub setzte sie mit Reisen und Abenteuer gleich. Ihre Enkeltochter, die machte Urlaub. Sie startete mit prall gepacktem Rucksack vom Düsseldorfer Flughafen in die Ferne, mit dem Ziel die asiatische Welt zu erobern. Und ihre Kinder machten Urlaub, weil sie dem anstrengenden beruflichen Alltag entfliehen mussten. Sportliche Aktivitäten und Erholung prägten ihre freien Tage.

Mia hatte sich, mit ihren achtzig Jahren, dank ihrer Enkelkinder die Welt des Internets erschlossen, und wenn sie an ihrem Laptop saß und virtuell in die Ferne reiste, dann öffnete sich ihr das volle touristische Programm. An der Schönheit der fremden und weiten Welt erfreute sie sich nur noch auf dem Bildschirm, denn ihre „alten Knochen", wie sie ihre körperliche Fitness selber umschrieb, standen einem Urlaub entgegen. Mia, die eigentlich Maria hieß, nahm den Telefonhörer auf und wählte die Nummer ihrer Freundin Christine.

»Hallo! Hier ist Mia,« meldete sie sich, »ich wollte mich nur kurz von dir verabschieden, ich fahre nämlich in die Sommerfrische.«

»Nein, nein, ich bin doch kein Tourist mehr, ich werde der Enge meiner Stadtwohnung entfliehen und die Sommerzeit auf dem Land in vollen Zügen genießen. Ich werde ausgedehnte Wanderungen machen. Du weißt doch, eine Stunde am Stück kann ich noch gut laufen. – Nein, ich übertreibe nicht. Wandern ist vielleicht nicht der richtige Ausdruck, sagen wir, ich gehe spazieren. – Du wirst mir auch fehlen. Schade, dass deine Kinder dir den Umgang mit dem Internet nicht beigebracht haben, dann könnten wir uns immer E-Mails schreiben. – Ach, ich freue mich schon so. Wiesen und Felder, bunte Blumen und darüber ein sonniger Himmel. Ich werde meinen großen cremefarbenen Strohhut mitnehmen«, schwärmte Mia. «Ja, den mit den blauen Bändern. Mein Sohn, der mir beim Packen geholfen hat, meinte zwar, dass ich dieses Monstrum nicht brauchen würde, aber ich habe darauf bestanden, ihn mitzunehmen. Männer – sie haben wirklich keine Ahnung, was schick ist. – Natürlich schreibe ich dir eine Ansichtskarte, ist doch selbstverständlich.«

Mia legte den Hörer wieder auf die Gabel. Sie hatte darauf bestanden, diesen alten Apparat zu behalten. Ein bisschen Nostalgie musste sein. Sie grinste. Sie ließ sich auf ihr Sofa nieder, nahm ihr neues Handy, setzte ihre Brille auf, und begann zu üben. Ihr Enkel hatte ihr ein Seniorenhandy gekauft: »Für dich, Oma, mit extragroßen Zahlen«, hatte er gesagt.

Es dauerte nicht lange und ihre grauen Locken ruhten auf der hinteren Sofalehne. Mia war eingenickt. Sie war manchmal nachmittags so schrecklich müde. Zuerst hatte sie sich dagegen gewehrt, aber später hatte sie es genossen, zu schlafen, wann ihr danach war, und sie betrachtete es als ein Privileg des Alters. Ihr Traum entführte sie und sie tauschte das bequeme Sofa gegen eine Parkbank. Ihr Blick fiel auf den kristallklaren See. Sonnenstrahlen brachten das Wasser zum Glitzern. Weiße Schwäne zogen ihre Runden. Enten hatten sich am Ufer versammelt und die kleinen aufgeplusterten Küken trotteten über die saftiggrüne Wiese hinter ihrer Entenmutter her. Der Wind fuhr seicht durch die Blätter der Birken und ein zartes, angenehmes Rascheln war zu hören. Das Gezwitscher der Vögel ergänzte diese sommerliche Idylle. Sie griff die Hand ihres Liebsten, zaghaft und doch entschlossen. Jetzt lagen sie im Gras, zwischen Butterblumen und Gänseblümchen, eingebettet in die Fülle des Sommers.

Aus der Tiefe des Unterbewusstseins holten sie die angenehmen Klänge ihres Lieblingsliebesliedes zurück: „Ännchen von Tharau". Als ihr Enkel ihr das moderne Handy überreicht hatte, wurde sie in die Welt der Klingeltöne eingeführt.

»Oma, suche dir aus, was du möchtest, ich installiere dir, was du willst.« Doch von miauenden Katzen und bellenden Hunden, schrillen Tönen und sonstigen modernen Klangfolgen, wie das Geräusch einer Bierflasche, die geöffnet wurde und surrenden Rasierapparaten, wollte sie nicht durch ihre Wohnung, auf die Suche nach ihrem Handy, geschickt werden. Die Möglichkeit, eine eigene Melodie als Klingelton auszusuchen, gefiel ihr.

»Auf YouTube findest du einfach alles, auch Ännchen von Tharau«, hatte Nils gesagt und sicherheitshalber noch angefügt, »ich muss es ja nicht hören, wenn ich dich anrufe.« Die Sekunden verstrichen, bis Mia richtig wach war und feststellte, dass die Klänge ihres Lieblingsliebesliedes direkt aus dem blinkenden Etwas kamen, das sie in ihrer Hand hielt.

»Hallo Oma, ich bin es, Nils. Du hast dein Handy aber lange gesucht! Ich wollte nur mal hören, wie es dir geht. Bist du schon aufgeregt? Hast du alles fertig? Soll ich dir helfen? Brauchst du noch was? Soll ich vorbeikommen?«

Nils hatte extra seinen Gesprächsbeitrag sehr schnell und zusammenhängend präsentiert, denn wenn seine Oma erst einmal das Wort ergriffen hatte, wurde aus einem Telefonat mit ihr immer schnell ein Monolog ihrerseits und er fand keine Gelegenheit, den Wortschwall zu unterbrechen.

Natürlich ging es ihr gut, sie hatte alles fertig, ihre Tochter und ihr Sohn hatten beim Packen geholfen. Sie versicherte ihrem Enkel, dass er nicht mehr vorbeikommen müsse.

»Mach dir keine Sorgen«, sagte sie »ich hab alles gepackt. Und an alles gedacht. Sogar den roten Bikini hab ich im letzten Moment, als dein Vater sich umgedreht hat, noch heimlich in den Koffer gestopft. Alles paletti, Nils«, ahmte sie die von ihrem Enkel so geliebte Redewendung nach und kicherte leise. »Mach dir mal um deine alte Oma keine Sorgen.«

Das Fernsehprogramm war auch nicht mehr das, was es einmal war, jede Menge Quatsch für alte Leute oder Mord und Totschlag. Mia liebte Sportsendungen und Talkrunden, in denen Gesellschaftsprobleme und Politik im Fokus standen. Sie schaltete von Programm zu Programm. Dann kochte sie sich einen dünnen Kaffee. Eine stärkere Dosierung vertrug sie am Abend nicht mehr und schließlich sah sie sich die zweite Halbzeit eines Fußballländerspiels an. Aber die letzte Phase bis zum Schlusspfiff verschlief sie wieder.

Am nächsten Morgen frühstückte sie spartanisch. Es lag eine Scheibe Knäckebrot mit Marmelade auf ihrem Teller und ein frisch aufgebrühter Kaffee stand neben einem Schälchen, das ein Potpourri kleiner bunter Perlen in unterschiedlichen Größen enthielt. Jede für sich erfüllte eine wichtige, teils lebensnotwendige Aufgabe. Hauptbestandteil ihrer Frühstückszeit war das Lesen der Tageszeitung. Jede Zeile studierte sie aufmerksam, bis sie unten auf der letzten Seite angekommen war. Dann griff sie zum Telefon und wollte ihrer Kegelschwester die Veränderung in ihrem Leben mitteilen.

Es bleibt doch nichts mehr wie es war

Es bleibt doch nichts mehr wie es war,
die Zeit verändert Jahr für Jahr
dein Leben, Alltag, jeden Sinn,
und zwingt und treibt dich vor sich hin.

Dein Sein vergeht, das andrer auch,
es ändert sich so mancher Brauch;
dein Kreis an Freunden bleibt nicht stet,
weil diese Welt sich ständig dreht.

Nur manchmal stellst du für dich fest,
wie du dich zeitlich fallen lässt,
dein Jetzt mit altem Zeug verknüpfst,
du einfach aus dem Alltag hüpfst.

Doch wird dir schnell und einfach klar,
es bleibt doch nichts mehr wie es war;
dein Heute bleibt die eine Zeit,
der Rest ist nur Vergangenheit.

»Hallo, Mimmi, meine liebste aller Kegelschwestern,«
sagte sie in einem Tonfall, der einem Sing-Sang gleichkam.
»Ich bin ab heute dann mal unterwegs. Ich fahre in die
Sommerfrische, aufs Land. Ihr müsst jetzt ohne mich kegeln. − Ja, ja! Es ist ein wunderbares Haus, sehr alt, sehr
herrschaftlich, sehr gut renoviert, mitten gelegen zwischen
Wiesen, Feldern und Wäldern, an einem See. − Ja, mein

Zimmer hat einen kleinen Balkon. Die Aussicht ist atemberaubend. Ich habe einen fantastischen Blick direkt auf den See. – Teuer? Keine Ahnung, das Finanzielle hat mein Sohn für mich geregelt«, und sie schob noch schnell nach, »wofür hat man denn schließlich Kinder.« Sie wusste, dass sie Mimmi damit ärgern konnte. Ihre Kinder kümmerten sich kaum um sie. Aber das war nach Mias Überzeugung ihre eigene Schuld. Mimmi war meistens auf Zank und Streit eingestellt, wenn es um ihre Familie ging.

»Die Welt ist ja so klein geworden«, sagte Mia. »Meine Enkel werden mich besuchen, meine Kinder natürlich auch, mit dem Auto ist das ja heute gar kein Problem mehr, sich ab und zu trotz Entfernung zu besuchen. Wir haben geplant, dass ich sie in den roten Salon einladen werde. Es gibt rund um das Haus riesige Erdbeerfelder. Wir werden im Erdbeersalon sitzen, mit Blick auf den See und die Früchte des Sommers genießen. Erdbeerkuchen mit Sahne essen und Erdbeerbowle trinken. Ich freue mich schon sehr.«

Mia atmete einmal tief ein und fuhr fort. »Schade ist nur, dass ich jetzt leider nicht mehr mit euch kegeln kann und wir uns eher nicht mehr sehen werden. Grüß die Kegelschwestern ganz herzlich von mir.«

Dieser Gruß hätte jetzt als Beendigung des Gesprächs interpretiert werden können, aber Mimmi wollte mehr wissen und gab sich mit den bisher gehörten fantasievollen Beschreibungen nicht zufrieden.

»Und was machst du sonst noch so in der Sommerfrische? So ganz alleine?«

»Ich bin doch nicht alleine. Du kennst mich doch, ich bekomme sehr schnell Kontakt zu anderen Menschen. Schließlich bin ich ein aufgeschlossener und interessierter und stets positiv denkender Mensch.«

Diese Spitze saß, da war Mia sich sicher. Mimmi war kein positiv denkender Mensch. Und ab und zu brauchte sie einen Dämpfer.

»Und was machst du abends?«, fuhr Mimmi fort.

»Ich habe extra diesen wunderbaren Ort der Sommerfrische gewählt, weil das Freizeitangebot dort sehr hoch ist. Ich werde zum Tanztee gehen, obwohl ich gar nicht tanzen werde. Mit einem Gläschen Rotwein den anderen zuschauen kann auch ganz amüsant sein.«

»Aber du darfst doch gar keinen Rotwein trinken, oder täusche ich mich da?«

»Ich muss ihn ja nicht trinken, ich kann mich ja am Weinglas festhalten und mir vorstellen, wie er schmeckt. Man braucht nur etwas Fantasie und die Welt ist in Ordnung.«

Jetzt musste Mia aber wirklich auflegen, denn sie sah das Auto ihres Sohnes auf den Hof fahren. Gleich ging es los in ihre Sommerfrische.

Während ihr Sohn das Gepäck in den Kofferraum lud, warf sie noch einen Blick in den Spiegel der Diele, in der sie sich von Kopf bis Fuß betrachten konnte.

»Fast einundachtzig, dachte sie, das sieht man nun wirklich nicht, hast dich gut gehalten, Mia.« Der Blick auf die sportlichen bordeauxfarbenen Wildlederschuhe verführte sie zum Schmunzeln. »Oma,« hatte ihre Enkelin gesagt, »die kannst du supergut anziehen, du bist noch lange nicht zu alt dafür. Das sind doch keine Kleinmädchenschuhe. Hauptsache, sie sind bequem und du hast den richtigen Halt darin und stolperst uns nicht noch einmal. Denke an deine neue Hüfte.«

Sie sah gut aus, sie war bereit für die Sommerfrische.

Mia lehnte sich in die Polster des Autositzes zurück. Während der Fahrt sprach sie kaum und vertiefte sich in ihre Gedanken. Ihr Sohn half ihr zuvorkommend aus dem Auto, hakte seinen Arm bei Mia ein und sie gingen ein paar Schritte durch den Garten auf das Haus zu. Parkähnlich erstreckte sich die Wiese bis zu dem kleinen See hinunter und in der Ferne sahen sie kleine weiße Segel über die Wasserfläche gleiten. Es war ein Sommertag wie aus dem Bilderbuch. Weiß gezupfte Wölkchen am Himmel, der Wind spielte in den Blättern. Drüben unter dem großen Nussbaum saßen andere Sommerfrischler in gemütlicher Runde beisammen. Ihr Lachen drang zu ihr herüber.

Ja, hier ließ es sich aushalten. Hoffentlich spielte das Wetter mit. Mia hatte im Hundertjährigen Kalender nachgeschaut, der Sommer sollte schön und regenarm werden. Sie füllte ihre Lunge mit der frischen wohltuenden Luft und sie setzten sich auf eine Parkbank. Dieser Ort strahlte Ruhe aus, und die Natur war so unbeschreiblich nahe. Mia schloss die Augen und wurde davongetragen auf einer Wolke von Harmonie und Zufriedenheit. Sie war mit sich und ihrem Leben im Einklang.

Es wurden wundervolle Wochen. Mia lernte nette Menschen kennen, nahm an vielen verschiedenen Veranstaltungen teil und hatte nie Langeweile.

Nils kam nach einer Woche zu Besuch. Er brachte Freunde mit. Ihre Enkelin kam, blieb übers Wochenende. Sie machten eine kleine Ruderpartie über den See.

Alle vierzehn Tage donnerstags rief Mia, aus dem Kreis der Kegelschwestern, Mimmi an, manchmal auch Hilde. Sie berichtete von ihrem Tanztee und dem netten älteren

Herrn, der sie immer wieder zum Tanz aufforderte und dem sie bereits zweimal einen Korb gegeben hatte. Dieses stieß natürlich bei ihren Freundinnen auf absolutes Unverständnis.

»Wie kannst du solch eine Chance ausschlagen?«, fragte Mimmi. »Du bist verrückt. So eine Gelegenheit bekommt man in unserem Alter nicht mehr so oft.« Mia schüttelte sich vor Lachen. Sie wusste, dass einige ihrer Freundinnen allergrößten Wert darauf legten, sich noch einmal in männlicher Begleitung zu sonnen, aber alle nicht mehr in den Genuss kamen. Und ihr war das Schicksal hold und sie lehnte das Angebot ab.

»Ja«, hatte sie ganz verträumt zu Mimmi gesagt, »zur Sommerfrische gehört eigentlich auch das Verliebtsein, und dazu ist man schließlich nie zu alt. Aber ich glaube, ich greife da lieber auf meine Erinnerungen zurück.«

SZENENWECHSEL

Kein Herbst ist bunt genug,
den Sommer aufzuwiegen;
die Farbenpracht Betrug,
verbleichendes Belügen.

Sein Sterben inszeniert
ein letztes kurzes Glühen;
der Atem stockt, gefriert,
verhindert neues Blühen.

Ein Grau verhüllt die Welt,
der Regen tränkt die Flächen
und hat den Wind bestellt,
in unser Land zu stechen.

Der Mensch in seiner Schuld
erträgt die Wetterlage
und wartet mit Geduld
auf winterliche Tage.

Der Sommer neigte sich dem Ende, die Tage wurden kürzer und abends im Garten legte sich Mia das warme handgestrickte Schultertuch, ein Geschenk ihrer Tochter, um.

»Wann können wir wieder mit dir rechnen?«, fragte Mimmi beim nächsten Telefonat. «Wir haben so einiges für die nächste Zeit geplant. Du fehlst uns.«

»Hast du schon mal was vom „Indian Summer" gehört, von der Farbenpracht der herbstlichen Blätter? Rot- und Goldtöne werden die herbstliche Landschaft prägen. Das möchte ich mir unbedingt ansehen, das kann ich mir nicht entgehen lassen. Es wird sicher nicht so ausgeprägt sein wie in Kanada, aber einen goldenen Herbst werde ich hier mit Sicherheit auch erleben«, sagte Mia.

»Was soll das denn heißen?« Mimmi war entrüstet. »Und später ist der See zugefroren und sieht so toll aus und die Winterlandschaft ist dort inspirierender als bei uns in der Stadt. Der Weihnachtsmarkt ist idyllischer und anheimelnder, und du kommst gar nicht mehr wieder in diesem Jahr.«

»Ja, das kann schon sein«, antwortete Mia und beendete das Telefonat.

Petra, die freundliche junge Altenpflegerin, die Mia betreute, trat in den Wintergarten. Sie nahm das Telefon entgegen. »Darf ich Sie wieder in Ihr Zimmer begleiten?«, fragte sie.
»Und nicht vergessen, morgen sind die Chorproben für das bevorstehende Herbstfest. Denken Sie daran, wir brauchen Ihre kräftige Stimme. Ich hole Sie pünktlich ab. Unser Seniorenheim präsentiert sich einer breiten Öffentlichkeit und wir wollen schließlich auch musikalisch einen guten Eindruck machen.«
»Und wenn Ihre ehemaligen Kegelschwestern mal wieder anrufen, grüßen Sie sie bitte von mir«, sagte Petra. Sie grinste verschwörerisch und kniff Mia ein Auge zu.

19. ALLERHEILIGEN

Sehnsüchtig wünschte ich mir die Dunkelheit herbei. Ich habe es geliebt, wenn an Allerheiligen das typische Novemberwetter herrschte und es beim Frühstück schon so dunkel war, als würde gleich die Abenddämmerung hereinbrechen. „Lämpchen angucken" hieß der Spaziergang, der nach einem langen Fernsehnachmittag mit der ganzen Familie gemacht wurde. Meistens war die Oma zu Besuch und Mutters Schwester mit Mann kamen auch noch schnell auf einen Kaffee vorbei, bevor die Karawane Richtung Friedhof aufbrach. Ich verbinde mit Allerheiligen einige Schwarz-Weiß-Filme wie „Don Kamillo und Peppone" und später auch „Soweit die Füße tragen". Außerdem trafen wir regelmäßig einmal im Jahr Familienmitglieder, denen wir ansonsten nie begegneten. Meine Mutter hatte im Drogeriemarkt kleine rote Lämpchen gekauft. Sie wurden zwischen meinem Bruder und mir aufgeteilt. Sie mussten reichen für die Gräber, die wir besuchen würden. Jeweils zwei waren für das Grab der Großeltern und zwei für ein Grab auf dem Kriegsgräberfriedhof bestimmt. Der andere Opa war in Russland geblieben und lag südlich von Moskau unter drei Birken begraben. Ich fragte mich jedes Jahr, ob ihm dort ein Russe auch ein Licht auf das Grab stellte. Später, nach meiner Kriegsfilmerfahrung, war ich mir nicht mehr so ganz sicher, ob die Vorstellung einer grünen Wiese und einem Holzkreuz, unter im Wind sich zaghaft wehender

Birkenzweige, der Realität nahekam. Oma hatte in mir dieses schöne Bild hervorgerufen und ich weigerte mich mein Leben lang, etwas anderes zuzulassen.

AM TAG DER TOTEN

Friedhofsgräber sollten ruhen,
Anlass zum Gedenken sein,
auch wenn nicht nur Sonnenschein
auf den Ort der Stille fällt.
Doch ist es der Lauf der Welt,
im November sie zu ehren,
können sich nicht einmal wehren -
welch ein Sturm an Festtagsschuhen.

Grau ist dieser Tag der Toten,
meistens auch noch kalt und nass,
und doch stellt ein jeder was
schmückend zum Erinnrungsstein.
Mancher bleibt dabei allein,
anderswo sind ganze Heere
auf dem Weg zu dieser Ehre
wie ein Kreuzzug neuer Goten.

Und aus Furcht um ihr Gewissen
leuchten alle Gräber hell,
denn die Zeit vergeht so schnell,
die auch ihrem Leben droht.
Letztlich bleibt dann nur der Tod,
der doch allen wird geschehen;
die, die sie dann wiedersehen,
haben längst ins Gras gebissen.

Je näher wir dem Friedhof kamen, umso lebendiger wurde das Umfeld. Menschenmassen strebten dem Ort der Stille zu. Autos parkten am Straßenrand, weil der kleine Parkplatz an diesem Tag nicht genug Kapazitäten hatte. Solange das Tageslicht noch ausreichte, Leute zu erkennen, hielten wir Ausschau nach Tanten und Onkeln, Cousins und Cousinen. Auch wenn man sich das ganze Jahr über nicht grün war, der gemeinsamen Tradition der Totenehre folgten alle. Es schien ein ungeschriebenes Gesetz zu geben.

»Da! Da ist Tante Ingelore«, rief mein Bruder. »Christian ist auch dabei!« Er wollte gleich losrennen. Meine Mutter hielt ihn zurück.

»Bei den vielen Menschen werden wir dich gleich verlieren. Gib mir deine Hand. Du bleibst bei mir«. Ich hörte, wie meine Mutter Vater zuflüsterte: »Auf die hab ich gar keine Lust. Das ganze Jahr lassen sie sich nicht blicken und dann balancieren sie ein riesiges Gesteck zum Friedhof. Wollen ausgleichen, was sie in zwölf Monaten versäumt haben. Sie kommen womöglich noch auf die Idee, sich bei uns zum Abendessen einzuladen. Lass uns hier abbiegen. Wir gehen erst mal zum Grab der Urgroßeltern.« Mein Bruder wurde unter Protest in den nächsten Weg hineingezogen. Diese Richtungsänderung verwirrte Oma und sie merkte an, dass es der ganz falsche Weg sei. Die Gräber, an denen wir vorbeigingen, kamen ihr alle nicht mehr bekannt vor. Meine Mutter blieb vor einem Grab stehen.

»Jetzt schau dir das an«, sagte sie. »Hier liegt der Heinrich Pettermann. Und wie das Grab aussieht. Noch nicht einmal zu Allerheiligen haben sie so viel Anstand und halten die paar Quadratmeter sauber. Keine Blumen, keine Lämpchen und alles voller Laub, aber eine dicke Erbschaft kassiert.«

»Aber Agnes«, sagte mein Vater. »Es ist Herbst. Da fallen nun mal die Blätter von den Bäumen. Wenn du das Grab laubfrei haben möchtest, dann musst du daneben stehen bleiben und ständig aufsammeln.«

»Darf ich Sie mal was fragen?«, richtete ein Mann im dunkelblauen Kamelhaarmantel mit Hut sich an uns. »Wir haben uns total verlaufen. Wir kreisen hier schon eine halbe Stunde über den Friedhof. Gleich, wenn es ganz dunkel ist, dann finden wir das Grab erst recht nicht mehr. Wir suchen die Gruft der Familie Hillerkamp.«
Der Zufall wollte es, dass mein Vater die gewünschte Auskunft geben konnte. Mein Bruder hielt unserem Vater ein Lämpchen entgegen und bat ihn, den Docht anzuzünden.

»Jetzt noch nicht«, sagte meine Mutter. »Wir sind noch nicht da.«

»Aber du hast doch gerade gesagt, dass hier kein Lämpchen steht. Dann kann ich doch eines von meinen hier hinstellen.«

»Aber wir kennen den Toten doch gar nicht näher«, antwortete Mutter.

Ich traf meine Freundin Luisa mit ihrer Familie. Wir blieben stehen, begrüßten uns und blockierten mit unseren Familien den Weg.

»Schau mal«, sagte sie und zeigte mir blaue Lämpchen.

»Sehen die nicht toll aus? Rote hat hier jeder.« Ich bewunderte die kleinen blauen Plastikgehäuse. Ich hätte gerne auch blaue Lämpchen gehabt. »Sollen wir eines tauschen?«, fragte ich.

Meine Mutter hatte dieses mitbekommen.

»Nein, es wird hier nicht getauscht«, sagte sie. »Wir machen doch keine Partybeleuchtung auf dem Grab der Großeltern.«

Und dann trafen wir doch auf Tante Ingelore und Christian und den ganzen Clan. Eine fröhliche und recht laute Begrüßungszeremonie fand statt. Ich dachte immer, auf einem Friedhof muss man leise sein. Außerdem hatte Mutter vorhin Tante Ingelore ausweichen wollen.

»Wart ihr schon bei den Großeltern? Nein, wir auch nicht. Bin mal gespannt, ob in diesem Jahr alle Kinder zum Grab der Eltern kommen.« Ingelore und Mutter waren sich einig, dass man im nächsten Jahr zusammenlegen und nur ein großes, gescheites Gesteck kaufen sollte. Wir trennten uns und gingen in entgegengesetzte Richtungen davon. Meine Mutter atmete hörbar aus. Am Grab der Großeltern durften wir dann endlich unsere ersten roten Lämpchen verteilen. Ich balancierte über die Steinplatten, um nur ja nicht auf die frisch aufgelockerte Erde zu treten.

»Ja, sauber und ordentlich sieht es ja aus«, sagte Mutter anerkennend und begann gleich, einige Lindenblätter aufzusammeln. Sie grübelte, von wem das Gesteck wohl sein könnte, das an den Grabstein angelehnt direkt neben dem lag, das sie am Tag vorher dort deponiert hatte.

»Ziemlich mickerig«, sagte sie. »Das ist bestimmt von Egon.« Woran sie das feststellte, wusste ich nicht.

»Wir beten jetzt noch ein „Vater unser"«, sagte Mutter und faltete die Hände. In Reihe und Glied, alle Augen auf das Grab der Großeltern, die roten Lämpchen und die Gestecke gerichtet, betete jeder stumm vor sich hin. Ich war gerade bei ... 'und unser tägliches Brot gib uns heute' angekommen, als von der gegenüberliegenden Grabreihe ein freudiges Hallo über die Koniferenhecke herübertönte.

»Das haben wir aber gut abgepasst«, rief eine schrille Frauenstimme, »euch direkt am Grab der Eltern zu treffen. Wartet, wir kommen rum!«

»Oh Gott!«, stöhnte meine Mutter. »Ich hab es ja geahnt. Dein Bruder Karl aus Hannover. Dann kann ich mir ja schon vorstellen, wie der Abend verlaufen wird. Hoffentlich bleiben sie nicht auch noch über Nacht.«

MAHNUNG

Lass niemals dich für dumm verkaufen,
vertrau im Zweifel nur auf dich,
lass deine Tränen auch mal laufen,
doch lass dich selber nicht im Stich.

Nimm die Gefühle, wie sie sind,
und mach nicht Dinge, die verboten,
sei manchmal einfach wieder Kind –
und sag nichts Schlechtes von den Toten.

Lass dir den Traum vom Glück nicht nehmen,
dein Ziel sei einfach, klar und fest;
du darfst dich sicher auch mal schämen,
doch sieh dein Leben nicht als Test.

Verschwende keine Energie
auf Unbedeutendes und Noten,
und, bitte, mache eines nie:
sag niemals Schlechtes von den Toten.

20. WINTERSCHLAF

Rita stellte ihr Golfbag geschützt vor dem einsetzenden Schneeregen in die Scheune, in der die Golfer ihr Equipment in Spinds deponieren konnten. Vom großen schwarzen Schirm tropfte das Wasser. Ein Gemisch aus Schneeflocken, Regentropfen und Graupeln fiel auf den gepflasterten Hof.

»Das war es dann wohl für diese Saison«, sagte sie.

Sollte jetzt wirklich Winterwetter einkehren, würde an mehreren Tagen, wenn nicht sogar Wochen, der Golfplatz unbespielbar sein. Die Schneeflocken blieben nicht liegen. Sie sorgten dafür, dass die Wege matschig wurden.

Die weißen Gebilde, die aus den Wolken fielen, waren dicker geworden und platschten schwer auf die Erde. Der fehlende Bodenfrost sorgte dafür, dass die Landschaft nicht mit einer weißen Schicht überzogen wurde.

Es waren nur noch wenige Tage bis Weihnachten. Die Golfsaison war offiziell im Oktober beendet worden. Aber das warme sonnige Herbstwetter hatte in den letzten Wochen viele Spieler immer wieder zu Trainingsrunden auf den Platz gelockt.

Rita säuberte ihre Golfschläger, tauchte sie in den Bottich mit kaltem Wasser und bearbeitete sie mit einer Bürste. Die Wintergolfhandschuhe waren nass und sie hatte diese bereits vor mehr als einer Stunde ausgezogen. Ohne Schutz spielte sie nur mit mäßigem Erfolg weiter. Die Handschuhe hatte sie in die Seitentasche ihres Golfbags gestopft.

Das Ergebnis: Gerötete, fast blau gefrorene gekrümmte Finger ohne Gefühl, nasse Schlägergriffe und ein schlechter Golfschlag reihte sich an den nächsten. Sie hievte das Golfbag in den Schrank, pustete mit einem Hochdruckreinigungsgerät Matsch und Gras von den Rädern des Golftrollys und von ihren Schuhen. Danach verstaute sie alles in ihrem Spind. Ihre Freundin Ellen hatte ebenfalls die Sportsachen weggeräumt und wartete darauf, dass Rita die Reinigungsphase beenden würde.

»Brauchst du noch lange? Ich gehe schon mal vor ins Bistro«, sagte Ellen. »Was trinkst du?«

»Du kannst mir einen Becher heißen Tee bestellen, ich muss mir erst einmal die Hände daran wärmen«, antwortete Rita.

Die beiden Damen saßen wenig später in der gemütlich warmen, weihnachtlich geschmückten Kaminecke des Golfplatzbistros und diskutierten über ihre guten und schlechten Schläge. Rita massierte ihre Hände. Sie schmerzten und nahmen nur langsam die normale Körpertemperatur wieder an.

»Ich gehe erst wieder auf den Platz, wenn das Wetter einigermaßen frühlingshaft ist. Mir reicht es für diese Saison«, teilte sie Ellen mit. Sie griff den Teebecher, umschloss ihn mit beiden Händen, führte ihn zum Mund. Der Duft nach Zimt und Nelken war betörend. Plötzlich hielt sie inne.

»Wo ist denn mein Ring?« Hastig stellte sie den Becher ab und verschüttete Tee auf die Tischplatte.

»Mein Ehering ist weg«, sagte sie. Beide Damen blickten auf Ritas ausgestreckten Hände. Dort, wo ihr Ehering gesessen hatte, sahen sie beide nur eine Kerbe und eine leicht hellere Hautfärbung.

»Ich trage den Ring immer, lege ihn nie ab, auch nicht zum Händewaschen. Es kann nicht sein, dass ich ihn am Waschbecken liegen gelassen habe.«

Dennoch sprang Ellen auf, lief in den Damenwaschraum, um nachzusehen. Rita hatte in der Zwischenzeit ihre Handtasche durchwühlt und jedes nur erdenkliche Fach nach dem Ring abgetastet, aber ohne Erfolg. Der Ring blieb verschwunden.

»Ich gehe jetzt in die Scheune und durchsuche mein Golfbag. Sollte ich den Ring auf der Golfrunde abgelegt haben, was aber zu 99,9 Prozent nicht sein kann, dann muss er sich in einer der vielen Taschen und Ecken versteckt haben.« Aber auch diese Suche war erfolglos.

»Liegt er vielleicht im Auto?«, fragte Ellen. »Oder hast du ihn zuhause vergessen und ihn heute früh gar nicht angesteckt?«

»Der Ring ist nicht zuhause, ich nehme ihn nie ab, auch nachts nicht.«

Rita war die Verzweiflung anzusehen. Ihre Augen wurden feucht.

»Paul und ich sind am 5. Januar dreißig Jahre verheiratet. Das wird mein erster Hochzeitstag ohne Ehering. Ich habe diesen Ring, den Paul mir an den Finger gesteckt hat, nie abgelegt. Warum passieren mir immer solche schrecklichen Dinge?«

Ellen schaffte es nicht, Rita zu trösten. Schließlich wünschten sich die Damen ein frohes Weihnachtsfest und ein gutes neues Jahr und verabschiedeten sich.

Ritas Abend stand ganz unter dem Stern der Ringsuche.

Paul versuchte, Ritas Tagesablauf zu rekonstruieren und Situationen aufzuspüren, an denen sie den Ring doch abgelegt haben könnte. Schließlich kamen sie gemeinsam zu dem Ergebnis, dass der Ring Rita von der Hand gerutscht sein musste, als sie ohne Golfhandschuhe den Schläger geschwungen hatte. Ihre Finger waren kalt und bei Kälte verengten sich die Blutgefäße der Extremitäten. Es war weniger wärmendes Blut durch die Hände geflossen und hatte die Finger schmaler werden lassen. Das war die einzige Erklärung.

VERLUST

Der Schmerz
darüber
jäh und groß
Gedanken
weinen still,

die Hände
traurig
leer und bloß
und nichts
das trösten will.

Am nächsten Tag fuhren beide zum Golfplatz. Zuerst suchten sie im kalten Wasser des Reinigungsbottichs für die Golfschläger und dann gingen sie die gespielte Golfrunde von Rita und Ellen zu Fuß ab. Rita hielt ihre Scorekarte in der Hand, versuchte, sich zu erinnern, welche Strecken ihr Golfball am Vortag genommen hatte. Sie liefen kreuz und quer über den Platz. Sie schauten ständig auf das Fairway und hielten Ausschau nach dem Ring. Diese Aktion konnte mit der Suche nach einer Nadel im Heuhaufen verglichen werden.

Es verging kein Tag, an dem Rita nicht daran erinnert wurde, dass am Ringfinger ihrer rechten Hand etwas fehlte und ihre Stimmung war und blieb bedrückt. Am Heiligen Abend hatte sie in ihren Kästchen und Dosen in ihrem Nachttischschränkchen gewühlt und den ersten Freundschaftsring, den Paul ihr damals geschenkt hatte, ausgegraben. Es war ein leicht verbeulter Silberring mit einer kaum noch zu lesenden Gravur von Pauls Namen. Ihn steckte sie an den Finger und fühlte sich sofort wohler. Dieser Freundschaftsring war eben nicht nur ein Schmuckstück so wie auch der Ehering. Die symbolische Bedeutung dieser Ringe war für Rita immens.

Paul und Rita saßen am Heiligen Abend in der Kirche. Die weihnachtliche Atmosphäre war überwältigend. Der Kirchenchor sang und Weihrauchschwaden, der harzige Geruch der großen Tannen und Kerzenduft erfüllten den Raum. Rita hatte ihre Hände gefaltet und schaute auf den alten Silberring aus den Tagen ihrer Freundschaft zu Paul. In dem Moment, als sie sich zum weihnachtlichen Segen erhoben, griff Paul Ritas Hand und überreichte ihr eine kleine

Dose. Ihr Herz schlug schneller und sie glaubte, alle Menschen in ihrem Umfeld müssten den Herzschlag hören. In der samtigen Dose steckte Ritas neuer Ehering. Das Hochzeitsdatum war eingraviert, aber statt Pauls Namen stand dort „Ich liebe dich". Die Stimmung und das Hochgefühl dieses besonderen weihnachtlichen Ortes waren wie eine Erneuerung des Eheversprechens.

Der Winter zog mit Kälte und Schnee übers Land und an Golfspielen war lange nicht zu denken. Nach den Osterferien fing auch Rita wieder mit dem Training auf der Drivingrange an. Ellen bestaunte den neuen Ring.

»Ich würde ihn auf dem Golfplatz nicht mehr tragen«, sagte sie.

»Dass ich diesen Ring auch beim Spiel verlieren werde, ist unwahrscheinlich. Solche Zufälle passieren nicht zweimal. Ohne meinen Ring fühle ich mich nackt. Er ist das Symbol meines ganzen Lebens.«

Als Rita und Ellen nach einer kurzen Aufwärmphase den Weg zum Sekretariat einschlugen, um sich dort ihre neuen Jahresmitgliedskarten abzuholen, kam der Greenkeeper herein. Er hatte die ersten neun Spielbahnen gemäht und wollte der Sekretärin mitteilen, dass der Platz jetzt wieder komplett bespielbar sei.

Dann ertönte ein klingelndes Geräusch. Er legte einen goldenen Ring auf die Theke.

»Den hab ich gerade gefunden. Als ich auf der Bahn 3 gemäht habe, sah ich etwas aufblitzen. Ich bin abgestiegen und habe nachgesehen. Es hätte alles Mögliche gewesen sein können, das die Sonnenstrahlen reflektiert hat, und normalerweise steige ich auch nicht von dem großen Mäher herunter. Aber es sollte halt so sein. Da hab ich diesen Ring hier gefunden.«

Rita trat näher heran.

»Darf ich mal?«, fragte sie. Sie las ihr Hochzeitsdatum und den eingravierten Namen ihres Ehemannes. Jetzt konnte sie ihre Tränen nicht mehr zurückhalten. Sie umarmte den Greenkeeper und heulte immer noch, als sie zum Handy griff und Paul anrief.

GLÜCK

Ganz unerwartet
kommt das Glück,
bringt Freude in die Welt,
und gibt den Menschen
das zurück,
was es für möglich hält.

BRIGITTE VOLLENBERG

*1953 in Dorsten, Dipl. Betriebs-wirtin, seit 2009 Schriftstellerin. Ihre Kurzgeschichten beschäftigen sich mit Geschichten, die das Leben schreibt. Aber sehr oft bewegen sich die Texte in eine kriminelle Rich-tung. Wichtig ist ihr aber stets eine humorvolle Ausrichtung. 2013 Nominierung für die Vestische Li-teratureule, 2014, 2015, 2016 Prämierung im Rahmen der Ruhr-festspiele Recklinghausen. Sieger der Literaturausschreibung des Ortsmarketing Raesfeld.

VERÖFFENTLICHUNGEN

„Wolkenlos chaotisch", cenarius Verlag Hagen 2013, Urlaubsroman | „Gladbecker Anekdoten und Geschichten", Wartbergverlag 2015 | „Beziehungsdschungel" (Regiokrimi) und „Inselhopping" (Inselkrimi) demnächst in Neuauflage.

Regelmäßige Veröffentlichung von Kurzgeschichten in Antho-logien und Literaturzeitschriften. Die stattliche Anzahl von einhundert Einzelveröffentlichungen ist bereits überschritten.

KONTAKT

www.brigittevollenberg.de

DIRK JUSCHKAT

*1962 in Gladbeck, Dipl. Verwaltungswirt, seit 2011 Schriftsteller. Seine Werke handeln von der Vielfalt des menschlichen Alltags und den damit verbundenen Themen und Erlebnissen, die er auf unterschiedlichen Betrachtungsebenen verarbeitet.

Sie sind mal persönlich, mal abstrakt – selbst erlebt oder ausgedacht – und meistens in einer klassischen Reimform gehalten.

VERÖFFENTLICHUNGEN (GEDICHTBÄNDE)

„Längswege", Wunderwaldverlag Erlangen 2011
„Abgebogen", cenarius Verlag Hagen 2011 (auch als Audio-CD und eBook, 2013) | „Leise Gedanken", cenarius Verlag Hagen 2012 | „Gereimte Kurzgeschichten", Amazon Independently published 2017

Seit 2013 auch eigene eBooks mit veröffentlichten und unveröffentlichten Texten. Weitere Gedichtbeiträge in mehreren Anthologien und Einzelwerken.

KONTAKT

www.dirkjuschkat.de

Titelgestaltung & Satz: Nora Bojarra
Bilder: Titelbilder © shutterstock Jacky Brown, Umy Art, S. 180, 181 privat